Ada Mea

Wortlust

Die Autorin

Ada Mea ist das Pseudonym einer in Wien geborenen Schriftstellerin. Die in ihrer Kindheit erweckte Leidenschaft fürs Lesen und Schreiben konnte sie während des Germanistik und Publizistik Studiums und während der Ausübung ihres Berufs als Redakteurin und Lektorin weiter verfeinern und fortführen. Vor einigen Jahren verließ die Autorin Österreich, um sich in ihrer Wahlheimat Deutschland in ländlicher Idylle ganz ihrer Familie und ihrer Kunst zu widmen.

Kontakt:
ada.mea@gmx.de
www.ada-mea.com
Facebook: Ada Mea

Werke:
Wortlust (2016)
Herbstmondküsse (2017)

Die Sehnsucht:Reihe
Sehnsucht:Schwerelos (2015)
Sehnsucht:Grenzenlos (2016)
Sehnsucht:Endlos (2017)

Ada Mea

Wortlust

Novelle

Impressum

Copyright © 2016 Ada Mea
Deutsche Erstausgabe November 2016

Korrektorat: KoLibri Lektorat, Sabine Wagner

Umschlaggestaltung: Sabine Beck, Kulturbüro8
www.kulturbuero8.de
Bildmaterial © shutterstock.com

Herstellung und Verlag: BoD – Books on Demand,
In de Tarpen 42, 22848 Norderstedt

Alle Rechte vorbehalten.
ISBN: 978-3-7412-4314-1

Für all die verwandten Seelen
da draußen,
die sich
beflügeln
und
berühren
...
mit Worten.

WIEN, 13. DEZEMBER
MIA

Ich kannte ihn nur vom Sehen. Wir hatten noch nie ein Wort miteinander gesprochen. Wie jeder externe Berater schwebte er motiviert durch die Flure, grüßte freundlich, bedankte sich höflich, krempelte die Ärmel hoch und versuchte, das Beste aus sich herauszuholen, um dem angeschlagenen Unternehmen auf die Beine zu helfen.
Ich wusste nichts über ihn.
Er war Deutscher.
Das wusste ich.
Und mehr nicht.
Nein, doch.
Er hatte eine Vorliebe für das weibliche Geschlecht. Sie spiegelte sich in einer offensiven Offensichtlichkeit wider, die mich abstieß und abschreckte.
Wo immer ein Schwarm schöner Frauen anzutreffen war, der Deutsche stand mittendrin.
In der Raucherecke, in der Küche, in der Kantine, in einem der Besprechungszimmer. Immer wieder begegnete ich seiner attraktiven Gestalt, umgeben von kichernden Kolleginnen.
Seine Aura war ein Magnet für willige Weiblichkeit.
Frisch rasiert, im Anzug oder in Jeans und Hemd trug er stets ein gewinnendes Lächeln auf den Lippen, das sich an seiner narzisstischen Kopulationslust selbst verzehrte. Am Zerschmelzungsgrad meiner Kolleginnen, die sich in dieses verheißungsvolle Zahnlachen

warfen, ohne mit der aufgeklebten Wimper zu zucken, konnte ich ausmachen, dass sein Aufenthalt in Wien bisher alles andere als lustlos gewesen war.
Auch jetzt, als ich an der Bar saß und eher distinguiert dabei zusah, wie sich meine Kolleginnen mit Rentiergeweihen und Weihnachtsmützen lachend mit ihm fotografieren ließen, bestätigte sich meine Theorie.
Der Deutsche. Er war ein Casanova.
Ohne Wertigkeit betrachtet durchaus eine Lebensaufgabe, die bestimmt Anklang fand und der er sich mit Inbrunst zu widmen schien.
Warum auch nicht.
Jeder war seines Glückes Schmied.
Ein schweres Spiel zu spielen, hieß immer, sich einzulassen auf ein Konstrukt an unüberwindbarer Reglementierung. Warum es also spielen, wenn ein leichtes viel besser von der Hand ging?
Während ich dieses Vexierbild an sich bewegenden Körpern betrachtete und nicht mehr wusste, wer wo in welcher Umarmung steckte und ob das überhaupt echte Nähen waren, die hier nahtlos miteinander verschwammen, sank meine Stimmung in ein Tief, das schon tiefer gewesen war und mich daher nur peripher streifte. Je länger ich diesem balzenden Getümmel zusah, umso mehr verlor ich das Interesse an der Erkenntnis, dass hier nur Motten in ein Licht flogen und verschmorten.
Keine dieser Frauen war ein Phönix, der danach aus seiner von Männlichkeit durchtränkten Asche steigen würde. Keine dieser Frauen würde wiedergeboren werden. Nicht eine. Und das war schade.

„Der Deutsche. Er bricht alle Herzen", hatte Gisela mir an einem Montagmorgen zugeflüstert, als er an uns vorüberstolziert war, um im Büro unseres Chefs vorzusprechen.

Sein Eau de Toilette war als unsichtbare Spur im Raum geblieben.

Eine Spur, die lockte, verlockte, frohlockte.

Dieses Pheromon konnte ganze Hormonwelten außer Kraft setzen. Also beschloss ich, schnell und ohne zu zögern – an ebendiesem Montagmorgen – mich nicht in dieses Kreuzfeuer zu begeben. Niemals. Ich würde den Deutschen abwehren, komme was wolle.

„Tut er das?", hatte ich Gisela gelangweilt gefragt. „Bricht er wirklich alle Herzen?"

„Ja, das tut er. Stell dir nur mal vor, die Anja aus der Personalabteilung, die ist sogar im Krankenstand, seit er sie abserviert hat. Und dabei ist die Ärmste frisch verheiratet. Das muss man sich mal vorstellen. Was für eine Tragödie, ihr armer Mann weiß von nichts."

„Ein Herz zerbricht doch nicht an einem Mann, sondern nur an sich selbst", hatte ich trocken und etwas genervt erwidert.

Daraufhin hatte Gisela verächtlich mit der Zunge geschnalzt. „Das verstehst du nicht, Mia", hatte sie gesagt. „Du lebst in einer anderen Welt. Im realen Leben zerbrechen Herzen an einem Mann wie diesem. Es gibt keine Frau, die sich seinem Charme widersetzen kann. In der Realität hat keine auch nur den winzigsten Hauch einer Chance."

In der REALITÄT, dachte ich bitter. *Wenn das so ist,*

dann muss ich mir keine Sorgen machen. Denn in der Realität, da bin ich nicht.

Ich war gern allein.

Nur in der absoluten Einsamkeit fand ich meine Kraft. In der unaufgeregten Zurückgezogenheit schöpfte ich neue Energie. Ich lebte am Rande von Wien. In einer Miet-Wohnung mit Kaufoption. Ich lebte dort mit Raphael. Und mit hunderten von Büchern und einem lächerlich kleinen Gartenabschnitt. Der Garten. Er war mir so wichtig geworden. Und ich hatte einen eigenen Baum. Wer hatte in Wien schon einen eigenen Baum?
An dem ein Vogelhäuschen hing, in dem kleine Meisen Sonnenblumenkerne pickten.
Das hielt mich aufrecht.
Die kleinen Dinge des Lebens. Die Einfachheit.
Und der Glaube. Der hielt mich auch aufrecht.
Der Glaube an die Liebe in einer Mia-Welt.
Und dann waren da noch Worte.
Sie waren alles für mich.
Worte.
Alles.

Ich erschrak ein bisschen, als er plötzlich neben mir an der Bar auftauchte. Seine Augen waren so intensiv tief, dass mich sein Blick auf eine Alphawellen erzeugende Art zu scannen und zu entspannen schien.
Es war ein Goldbraun, das an flüssige Schokolade erinnerte. Ich fiel hinein in diesen Blick.
Hinein. Wahnsinn.
O-o, dachte ich. Und mehr nicht. *O-o*.

War ich ins Fadenkreuz dieser maskulinen Aufmerksamkeit geraten, ohne es zu wollen?
Als er sprach, war seine Stimme wunderschön, so fest und rau. So angenehm melodisch und warm.
„Die wahre Lebenskunst besteht darin, im Alltäglichen das Wunderbare zu sehen", sagte er zu mir.
Ich starrte fasziniert auf seine schönen Lippen, während ein wilder Schauer über meine Arme jagte.
Er selbst – als Mensch, als Person, als Mann – war es nicht, der alles in mir zum Aus-Ein-ander-Fallen brachte. Er nicht. Es waren seine Worte.
Ich konnte nichts erwidern.
Ich starrte ihn nur an.
Hätte er nicht etwas anderes sagen können, schoss mir durch den Kopf. *Etwas Profanes zum Firmengeschehen oder eine Floskel, getränkt von absurdem Gerede über das nahende Weihnachtsfest. Oder das Wetter. Oh ja, ich hasste Gespräche über das Wetter.*
Er hätte sagen können: *Frau Sommer, es schneit.*
Und dann hätten wir über diese Paradoxie lachen müssen. Denn es war durchaus erwähnenswert, dass es schneite und ein Blick durch die Fenster des Restaurants zeigte mir, dass sich Wiens Gassen mit Schnee bedeckten. Es war fast schon kitschig.
Die Kronleuchter, die über der elitären Fußgängerzone schwebten. Der viele Schnee über dem Wiener Graben schaufelte der Dekadenz ein Grab.
Aus Milliarden LEDs brüllte es *Merry Christmas* und wir saßen im ersten Stock eines Restaurants, das sich ganz der Tradition verschrieben hatte.
Der Deutsche hätte auch sagen können: *Hallo, wir*

kennen uns noch nicht persönlich, arbeiten aber im selben Büro. Eigentlich saß er ja einen Stock höher, aber was machte das schon für einen Unterschied?
Ob er jetzt unten war und ich oben. Wir bedienten dasselbe Unternehmen mit unserer Arbeitsleistung und damit war es der einzige Verbindungsstrang, der uns hierher in dieses schicke Lokal in der Wiener Innenstadt geführt hatte.
Zu dieser Weihnachtsfeier. Zusammen.
Hätte er nicht etwas anderes sagen können?
Etwas anderes. Aber das. Dieser Satz.
Diese Aneinanderreihung von Buchstaben, die klang nach Poesie, nach Dichtung. Damit hatte ich nicht gerechnet. Der Boden zog sich Stück für Stück unter meinen Füßen weg.
Ich hatte schon immer eine Vorliebe für deutsche Männer gehabt. Als Germanistin war ich der deutschen Sprache willenlos verfallen. Die reine, tonale Ausführung der Silben, Konsonanten und Vokale, ohne die Verfärbung eines Dialekts.
Es hörte sich wundervoll an.
Stundenlang konnte ich mir Hörbücher anhören und dieser Sprache lauschen, in die ich seit meiner Geburt verliebt war. Ich wollte darin ertrinken.
Da war nicht der Hauch eines Dialekts in seiner Aussage gewesen.
Dieser klar gesprochene Satz.
Ob er aus Norddeutschland kam?
Gott sei Dank kein Bayer, dachte ich und dann schämte ich mich, weil ich so kleinkariert im Denken war.
Da ich immer noch nichts sagte und ihn nur anstarrte,

deutete er hinter meinen Rücken.

„Das steht da", sagte er.

Ich drehte mich um und suchte die Wände ab. Der Barmann fing meinen Blick auf und kam näher. Ich schüttelte unmerklich den Kopf.

Nein, ich wollte keinen Wein mehr.

Eine Melange vielleicht, um die angehende Müdigkeit zu bekämpfen. Aber keinen Wein mehr. Drei waren zu viel für mich. Das Histamin würde mir noch zu Kopf steigen. Und außerdem: Ich wurde viel zu geil auf Rotwein. Ja, geil!

Ein anderes Wort fand ich nicht, denn ich spürte schon, wie mir das Schwere und Trockene des Weins die Schleimhäute anschwellen ließ. Ich bekam wahnsinnige Lust auf Sex, wenn ich Rotwein trank.

Ich entdeckte das Wandtattoo, auf das der Deutsche gezeigt hatte. In verschnörkelten Buchstaben wand es sich über die weißen Wände.

Ach so, dachte ich enttäuscht. *Er hat den Spruch nur von der Wand abgelesen. Und du hast gedacht, er erfindet dir die Poesie neu.*

Ich studierte das Zitat viel länger, als es notwendig gewesen wäre. Ja, ich machte eine regelrechte Wandtattoo-Studie aus diesem Lesen, denn ich wollte Zeit gewinnen, damit ich mich nicht mehr zu ihm umdrehen musste. Vielleicht würde er ja gegangen sein, wenn ich lange genug gewartet hatte.

Was wollte er überhaupt von mir?

In diesem Restaurant gab es doch wirklich genügend Frauen, die schon in den Startlöchern scharrten. Geschminkt, geschmückt und in Parfüm gebadet.

Mit einladend gespreizten Beinen waren sie bereit, die Wucht seines Pfahls in ihre Welt zu lassen.

Der Barmann allerdings hatte meinen Wink mit dem Zaunpfahl nicht verstanden, aber wahrscheinlich hatte ich nur zu dezent den Kopf geschüttelt, um ihm meine Abneigung gegen ein Getränk zu verdeutlichen. Er kam näher und fragte höflich: „Wollen Sie noch ein Glas Wein?"

Nein, verdammt. Ich wollte keinen Wein mehr, aber ich wollte auch keine Melange bestellen. Irgendwie erschien mir das in diesem Moment nicht passend zu sein. Noch nie hatte jemand das Wort *Melange* ausgesprochen und sich dabei nicht präpotent angehört. Und das war ich nun wirklich nicht.

Ich war eigentlich total bodenständig und sonst auch nicht so sexy gekleidet wie heute. Selten traf man mich im kleinen Schwarzen an. Aber heute zur Weihnachtsfeier, wie hätte das denn ausgesehen in Jeans und Pullover zu kommen?

Nein, das traute sich hier keiner.

Am wenigsten ich.

Und jetzt schien der Deutsche zu glauben, dass ich auch so willig war wie die anderen Frauen auf dieser Feier. Kein Wunder bei dem Kleid, das gerade mal meinen Hintern bedeckte. Ich hätte das Braune wählen sollen. Nicht das Schwarze. Das Braune wäre wenigstens knielang gewesen.

„Ja, ich nehme noch einen Wein", sagte ich zu dem Barmann, der immer noch auf meine Antwort wartete. Danach sah ich dem Deutschen herausfordernd ins Gesicht. Er schmunzelte.

In seinen betörenden Augen spiegelte sich das Licht von Lametta wider. Überall um ihn herum war dieser Weihnachtsschmuck.
Man wurde ganz kirre davon.
Von dem Geblinke. Ganz irre.
Endlich geriet wieder Leben in meine Stimmbänder und das, obwohl die deutschen Schokoladenaugen Löcher in mein Dekolleté brannten. Ich räusperte mich trocken, sagte aber nichts.
Der Deutsche ließ seinen Blick in meinem Gesicht herumwandern, er studierte es, maß es kartografisch ab. Wenn er ein Maler gewesen wäre, dann hätte ich das okay gefunden, aber so kam ich mir vor wie bei einer Fleischbeschau.

Sieh nur hin, dachte ich hämisch. *Wie alles im Leben bin auch ich nur eine Mogelpackung. Meine kleinen Brüste sind unter einem Push-Up-BH versteckt.*

„Was amüsiert Sie denn so?", fragte ich schnippisch, weil seine Musterung von einem so weiten Lächeln abgelöst wurde, dass ich mich fragte, ob ich irgendwie lächerlich wirkte.

„Ich mag das Wienerische", sagte er. „Ich verliebe mich jeden Tag, den ich in dieser Stadt lebe, mehr und mehr in dieses Flair."

Meinte er die Sprache? Die Stadt? Die Frauen?
Was meinte er?
„Worauf bezieht sich Ihre Aussage?", fragte ich kühl.
Er neigte den Kopf und grinste. „Es klingt süß, wie Sie Wein sagen."
„Aha. Und wie sage ich Wein?"

„Nun, es hört sich wie Wääin an. Das amüsiert mich ein wenig. Wie ihr Wiener mit dem Diphthong spielt, ihn in die Länge zieht."

Ich starrte ihn an.

Hatte er Diphthong gesagt?

Diphthong.

Damit hatte er mich.

Damit hatte er mich so tief, wie mich noch nie jemand gehabt hatte.

Meine Welt waren Worte und ihr Nachklang und der Deutsche hatte, ohne es zu wissen, mit einem Ausdruck aus der Sprachwissenschaft das Sesam meiner geheimen Kammer geöffnet.

Und dann trat er auch noch ein.

Er sagte: „Ihr letzter Artikel im Intranet zum Thema *Unternehmenskultur* hat mir sehr gut gefallen. Sie schreiben außerordentlich gut. Ich verschlinge jede Ihrer Veröffentlichungen."

Ich lächelte.

Ja, ich strahlte diesen Mann regelrecht an.

Wer meine Worte liebte, der musste mich lieben.

So funktionierte mein einzig schöner Glaubenssatz.

Und dann gab es noch eine andere Wahrheit über mich, die niemand wusste.

Ein Geheimnis aus der Mia-Welt.

Ich war nicht in der Wirklichkeit.

Nie gewesen.

Ich war nur dort.
...
Zwischen den Zeilen,
...
von etwas,
...
das ich geschrieben hatte.

MEINL AM GRABEN
JAN

So schwer war es nicht gewesen, die Lady aus der Kommunikationsabteilung einzukochen.

„An der beißt du dir die Zähne aus", hatte Christian mich schon am Beginn der Weihnachtsfeier gewarnt. „Das kannst du vergessen. Die Mia Sommer, die vögelt höchstens mit ihren Büchern."

Das hatte mich zugebenermaßen motiviert.

Das Unmögliche möglich machen ... das war meine Ambition und ganz nebenbei auch der Slogan meiner erfolgreichen Ein-Mann-Firma.

Ich hatte den ganzen Abend versucht, mit Mia Sommer Kontakt aufzunehmen, aber entweder war sie für meine forschen Blicke zu blind gewesen oder sie hatte mein frivoles Starren bewusst ignoriert. Als ich mit den Damen aus der Marketingabteilung in purer Albernheit Fotos schoss und unser Lachen durch das ganze Restaurant vibrierte, wurde sie dann doch auf mich aufmerksam.

Ich fing ihren Blick ein und stellte enttäuscht fest, dass sie nur missbilligend eine Augenbraue hob und sich schwungvoll wieder wegdrehte.

Sie pflanzte sich an die Bar und bestellte Rotwein und als das Glas vor ihr stand, kreiste sie unablässig mit der Zeigefingerkuppe über dessen Rand.

„Sagen Sie, die hübsche Lady aus der ersten Etage, Mia Sommer, ist sie verheiratet?", fragte ich Frau Schaller, die Chefsekretärin, die mir am nächsten stand und der nachgesagt wurde, alles über das Unternehmen und seine 400 Mitarbeiter zu wissen.

„Ja, ist sie", antwortete die wie aus der Pistole geschossen. „Mit einem langweiligen Steuerberater. Aber sie spricht nicht über ihn. Überhaupt spricht sie nur sehr wenig über ihr Privatleben."

„Vielleicht, weil sie keines hat", überlegte ich laut.

„Finden Sie es heraus", sagte sie mit einem Grinsen.

„Das mach ich."

Selbstbewusst schob ich mich durch den Raum und an die Bar heran. Verheiratete Frauen waren mir die liebsten. Sie waren hungrig und leidenschaftlich und so dankbar für jeden Zentimeter, den sie bekamen. Und sie machten mir keine Probleme. Alles musste unter dem Mantel der Verschwiegenheit geschehen.
Ich wiederum behielt meinen Freiraum und bekam die schönen Seiten von ihnen zu sehen. Die Ehemänner hingegen durften sich mit Ringelsocken, ausladenden Unterhosen, zyklusbedingter Launenhaftigkeit und öden, geschlechterunterschiedebedingten Streitgesprächen herumschlagen.

Auch jetzt lagen die Blicke der Ehefrauen auf mir und ich genoss die flehentliche Bitte darin, die sich auf mich warf, um mich anzulocken wie eine Blume ein auf Nektar gieriges Insekt. Wie viele wohl heute die Hoffnung hegten, mit meinem prächtigen Phallus in Berührung zu kommen? Bestimmt an die zehn.
Nimm mich, bitte!
Heute nicht, Baby. Heute hat mein fleischgewordener Freund eine andere Mission.
Und die heißt Mia Sommer.

Ich hatte bereits die halbe Firma flachgelegt und das war eigentlich ein guter Schnitt, wenn man bedachte, dass ich erst seit vier Monaten in Wien weilte.
Und da ich noch vier Monate vor mir hatte, ehe mein Vertrag auslief, wollte ich mir nun die schweren Kaliber vorknöpfen.

Die schweren … wie Mia Sommer, die Dame aus der Kommunikationsabteilung, die sensationell gute Artikel schrieb. Wie diese Frau mit Worten umgehen konnte, war der helle Wahnsinn.

Ich hegte eine heimliche Bewunderung für ihr Geschriebenes. Jede Pressemitteilung, jeder Artikel, jede Folie, die sie gestaltete, glänzte vor Perfektion und Aussagekraft.

Würde ich eines Tages ein großes Unternehmen gründen wollen, ich würde diese Lady sofort als PR-Verantwortliche abwerben und ihr geben, was immer sie haben wollte. Beim Näherkommen fegte mein Blick über ihre Statur. Heiß!

Sie saß mit überschlagenen Beinen auf dem Barhocker und nippte an ihrem Weinglas. Ihre Beine in den schwarzen Strümpfen waren wunderschön. Schlank und viel länger, als ich das erwartet hatte. Ich hatte sie bisher nur in Jeans und Pullover gesehen und sie hatte ihr Haar noch nie offen getragen. Ständig zierte einer dieser lächerlichen gekringelten Haargummis ihren Dutt. Aber heute fiel ihr braunes Haar in weichen Locken bis zur Hälfte ihres Rückens hinunter und glänzte seidig. Ich ertappte mich bei dem Gedanken, dass ich meine Hände in diese Haare krallen wollte, während ich sie von hinten nahm.

Ob sie eigentlich wusste, wie schön sie war?
Ich verwickelte sie in ein Gespräch, das ich ganz spontan mit einem Spruch an der Wand einleitete und dann locker auf ihre Arbeit lenkte. Das Leuchten in ihrem Gesicht verriet mir, dass ich mit diesem Einstieg ins Schwarze getroffen hatte. Sie blühte regelrecht auf, als sie mir von ihren Recherchen zum letzten Artikel berichtete.

Je eingehender ich sie betrachtete, umso klarer wurde mir: Mia Sommer wusste nicht, wie schön sie war. Sie hegte keinerlei Interesse an Äußerlichkeiten. Sie lebte ganz im Innen und vor allem für ihre Arbeit. Bestimmt trug sie so gut wie nie Kleider, Strümpfe oder High Heels. Sie fühlte sich so offensichtlich unwohl in ihren Klamotten. Man musste nicht einmal ein guter Beobachter sein, um das zu erkennen. Ständig zupfte sie am Saum ihres Kleides, um es weiter nach unten zu ziehen. Verstohlen schlüpfte sie aus ihren Pumps, die sie vermutlich schmerzten. In einer nervösen Geste strich sie ihre Haare, die ihr gar nicht ins Gesicht hingen, immer wieder hinter ihr Ohr.
Ich musterte ihr Handgelenk und entdeckte neben ihrem hübschen Armreif aus Gold einen dieser unmöglichen Haargummis. Ob ihr bewusst war, dass sie ihn dort vergessen hatte?

Völlig unvermittelt rutschte sie plötzlich von ihrem Barhocker und verschwand eine Entschuldigung murmelnd auf die Toilette. Als sie zurückkam, trug sie einen kamelbraunen Wintermantel. Der Pelzkragen bauschte sich um ihren Hals und schob ihr Haar um das leicht vorstehende Kinn zusammen.

„Ich muss los", sagte sie knapp.

Die Sehnsucht nach Flucht stand ihr ins Gesicht geschrieben. Wo immer sie nun war, sie war nicht mehr hier, sondern längst woanders.

Verwundert blickte ich auf meine Armbanduhr.

„Aber es ist erst neun Uhr abends", protestierte ich enttäuscht.

Mann, ich war gerade erst in Fahrt gekommen.

„Na und?", erwiderte sie pampig.

„Die Nacht ist noch jung," sagte ich.

Ein blöder Satz.

„Ich will nicht so spät mit der U-Bahn fahren", erklärte sie mir. „Ich muss bis zur Endstation und dort kreuchen und fleuchen zu später Stunde die übelsten Gestalten herum."

„Okay", sagte ich bedauernd. „Das verstehe ich. Sicherheit geht vor."

„Danke und noch einen schönen Abend", sagte sie hastig.

Sie setzte an, um zu gehen, zögerte dann aber, drehte sich um und blickte mir tief in die Augen.

Die hellen Punkte in ihren Pupillen, die durch die weihnachtlichen Lichter hinter meinem Rücken verstärkt wurden, raubten mir den Atem. Ich hielt die Luft an. Ein Atemzug verstrich.

Ein zweiter, ein dritter, ein vierter.

Ich tat nichts. Versank nur in ihren Augen.

Vollkommen atemlos.

Und mein Atem fehlte mir nicht.

Ich konnte ihn minutenlang anhalten, wenn *ich* das wollte, aber noch nie hatte ein AUGEN-BLICK ihn

mir genommen.
Fremdbestimmte Atemlosigkeit.

„Ihre Augen …", stieß ich irritiert hervor.

„Was ist mit meinen Augen?", fragte sie und verengte ebendiese.

Ich sagte nichts darauf. Ich hatte keine Worte für diese Augen, die nicht von dieser Welt waren. Nein, diese Augen waren nichts, was ich schon einmal gesehen hatte.

Ihre Augen sind wie das Meer, wollte ich sagen, denn das waren sie wirklich. Aber angesichts dieser plakativen Schnulze hielt ich lieber meinen Mund. Was sollte das auch bedeuten? Sie haben Augen wie das Meer? Klang das nicht furchtbar abgedroschen? Nein, so konnte ich einer exzellenten Wortakrobatin nicht begegnen. Sie würde mir die Worte sowieso im Mund verdrehen.

Mia Sommer hatte Augen wie das Meer.

Und ich liebte das Meer.

Ich wusste alles über das Meer.

Tatsächlich war ich niemals glücklicher gewesen als am Meer.

Ich war ein richtiger Meerianer.

Und damit meinte ich nicht die humanoide Spezies vom Planeten Bandomeer.

Okay, deren silbriges kurzes Haar könnte auch als Markenzeichen für mich gelten – ich ergraute langsam an den Schläfen, je näher die Fünf in meinem Alter heranrückte – aber das war schon alles, was ich mit dieser Spezies gemein hatte.

Ich war ein echter Meerbewunderer.

Das war ich.
Und deshalb war es auch nicht verwunderlich, dass ich ganz genau sagen konnte, dass jedes Meer – egal welches – seine Farben minutiös änderte. Ich hatte sie nämlich alle bereit.
Blau, Türkis, Grün, Grau. Alle Farben des Meeres waren in Mia Sommers Augen.
Und was ich am Meer am meisten liebte, war seine stille Tiefe.
In die ich tauchen konnte.
Metertief
ab ...
s
i
n
k
e
n.
Dort, wo alle Geräusche endeten und der Wasserdruck einem die verdrängten Gefühle an die verspiegelte Oberfläche presste, dort, in dieser Tiefe war ich am liebsten und am wahrhaftigsten bei mir.
Mia Sommer sah mich unverwandt an und ihre Meerestiefe ließ mich taumeln. Mein Sauerstoffverbrauch verdoppelte sich, während ich in ihrem ozeanischen Augentief versank und Luftblasen wie verlorene Oasen an meinem Gesichtsfeld vorüberglitten.
Ich tauchte in Mia Sommer.
Und sie ließ es zu, ließ mich ein.
Bestimmt war es nur ein Moment der Schwäche. Nichts weiter.

Kilometerweit ließ sie mich eintauchen.
Und was ich dort sah, in Mia Sommers Meer, das konnte mit keinem Meer der Welt mithalten.
Es war unfassbare Stille. Und unfassbarer Schmerz.
Plötzlich überkam mich mit irreversibler Intensität der Wunsch, ihr zerstörtes Schiffswrack zu bergen oder eines ihrer Korallengeheimnisse aufzudecken. Irgendetwas aufzuwühlen und sei es nur Sand auf dem Meeresboden, obwohl das verboten war.

„Darf ich Sie begleiten?", fragte ich.

„Wie bitte?", fragte sie konsterniert.

„Ich möchte Sie zur U-Bahn begleiten. Wenn Sie wollen, dann kann ich sogar mit Ihnen bis zur Endstation fahren und Ihnen die üblen Gestalten, die dort kreuchen und fleuchen, vom Leib halten."

Sie schüttelte den Kopf, ehe ich den Satz zu Ende gebracht hatte.

„Ich schaff das schon allein", wehrte sie mein Angebot ab.

„Dessen bin ich mir sicher, aber ich möchte so gerne mehr von Wien sehen und bisher habe ich es nicht über den ersten Bezirk hinaus geschafft. Büro, Hotel, Kneipe, das war alles, was ich in vier Monaten gesehen habe."

Sie deutete ein Lächeln an.

„Und da wollen Sie sich die Endstation der U4 ansehen?", fragte sie ungläubig. „Sind Sie denn in Wien überhaupt schon mal U-Bahn gefahren?"

„Nein", erwiderte ich. „Ich bevorzuge Uber für meine Wegstrecken."

„Aha", sagte sie. „Was haben Sie denn schon von Wien gesehen? Ich meine, außer die hübschen Wienerinnen."

Ich runzelte die Stirn.

Soso, dachte ich. *Madame Kommunikation reduziert mich also auf meine Promiskuität. Eine kleine, freche Moralistin ist sie. Daher ihre subtil-aggressive Zurückhaltung mir gegenüber. Na, diese hochnäsigen Flausen werde ich ihr schon noch austreiben. Keinem Menschen steht es zu, einen anderen aufgrund seines Lebenswandels zu bewerten.*

Um sie zu besänftigen, gab ich aber nach, ohne in eine Diskussion zu gleiten. Ich würde sie später von ihrem hohen Ross stoßen und ihr gleich das Zaumzeug anlegen, wenn sie nicht spurte.

„Sie haben recht", sagte ich. „Eine U-Bahn-Station wäre sehr viel mehr, als ich bisher von der Stadt gesehen habe. Zeigen Sie sie mir?"

„Ich warte draußen vor der Tür", sagte sie.

Es klang genervt.

Im Eiltempo verließ sie die Feier, ohne sich von jemandem zu verabschieden. Diese hastige Unhöflichkeit bestätigte mir, dass Mia Sommer wenig Kompetenz besaß, um mit anderen Menschen in einen echten Dialog zu treten. Tatsächlich fiel es auch mir schwer, meinen frühen Abgang von der Weihnachtsfeier sinnvoll zu argumentieren. Ich war aber weit charakterstärker als Frau Sommer und verabschiedete mich mit der Ausrede, dass ich jemanden gefunden hatte, der mir Wien in seiner winterlichen Pracht zeigen wollte.

Wenn es schon mal schneite, was – wie ich gehört hatte – in Wien nicht sehr oft vorkam und schon seit Ewigkeiten nicht mehr kurz vor Weihnachten geschehen war, dann war man doch unvernünftig, wenn man sich das nicht ansah.
Also, das musste man doch gesehen haben.
Vor allem mit einer schönen Wienerin an seiner Seite, die sich hier auskannte. Und die Wiener Christkindlmärkte waren bekannt dafür, dass sie früh ihre Pforten schlossen.

HELDENPLATZ
MIA

Stumm ging der Deutsche neben mir her. Und ich hatte auch nicht vor, das Schweigen zu brechen. Von seinem Vorschlag, mich nach Hause zu begleiten, war ich noch immer so verwirrt, dass sich die Buchstaben in meinem Kopf wie wild geworden durcheinanderwarfen. Die Pigmente des Weins hatten eine asphaltierte Spur auf meiner Zunge hinterlassen, die schwer an meinem Gaumen klebte.
Ich fand keinen Anfang für ein Gespräch.
Den Deutschen schien das nicht zu stören. Er versteckte sein selbstgefälliges Grinsen unter einem karierten Schal und schlenderte an meiner wortlosen Seite, als würde er mir gehören.
Wie siegessicher er sich fühlte.
Wie selbstbewusst er war.
Seine Hybris stellte sogar das Strahlen des mächtigen Weihnachtslüsters, der über unseren Köpfen schwebte, in den Schatten.
Um Zeit zu gewinnen, schlug ich den Weg über den Kohlmarkt zum Michaelerplatz ein. Nur nicht zum Stephansplatz gehen. Nur nicht zur U-Bahn spazieren. Einmal da unten angekommen, gab es kein Zurück mehr.
Und wenn der Deutsche schon mal U-Bahn fahren wollte, dann doch nicht vom Stephansplatz aus.
Auf gar keinen Fall vom Stephansplatz.
Das wusste jeder Wiener, dass es unter dem Stephansplatz nach Kotze stank.

Ohne die Begleitung eines schönen Mannes in den übelriechenden Untergrund zu gleiten, das war schon okay. Ich hatte sowieso meine Methode, um gegen den Gestank anzukämpfen – ich versteckte mein Gesicht unter meinem Halstuch – aber mit einem männlichen Gott, der zum ersten Mal in Wien U-Bahn fahren wollte, würde ich diesen Weg niemals einschlagen. Wer wollte denn schon mitten im Gestank von Kotze stehen und sich beim Warten dort unten unterhalten? Das Ganze intellektuell und hochtrabend. Und bestimmt hätte der Deutsche mich gefragt: Wieso stinkt es hier so? Und ich hätte ihm wichtigtuerisch erklärt, dass beim Bau der Station ein Bodenverfestigungsmittel auf organischer Basis in den Boden gespritzt worden war, um zu verhindern, dass der Boden nachgab und der Stephansdom sich absenkte. Und dieses Bodenverfestigungsmittel ging nun dummerweise eine chemische Reaktion ein, wodurch die äußerst übelriechende Buttersäure entstand, die mit dem Grundwasser aussickerte. Ob er diese Information überhaupt interessant gefunden hätte? Und außerdem … wie führte man ein fehlgeleitetes Gespräch über Erbrochenes wieder zurück zu sinnvolleren Themen, zum Beispiel über Dinge, die in einem selbst gebrochen waren und über die man traurig und wütend war – immer noch – obwohl sie Jahrzehnte zurücklagen.

Ich muss ihn loswerden, dachte ich. *Ich will nicht mit diesem Casanova in der U-Bahn fahren.*

Und was sollte ich tun, wenn er einen Versuch der Annäherung startete? Am Ende aller Stationen? Was kam dann? War er denn überhaupt daran gewöhnt, dass eine Frau unverrichteter Dinge ihren Abschied nahm? Das einzig Feuchte, das er von mir bekommen würde, war ein Händedruck. *Danke für die Begleitung. Auf Wiedersehen. Und noch einen schönen Abend.*

Langsam fanden die Worte wieder zurück in mein Gehirn und formten sich zu Phrasen, die ich gegen ihn verwenden wollte. Ich warf ihm einen skeptischen Seitenblick zu, während der sanfte Schneefall um uns herum das geschichtsträchtige Kopfsteinpflaster mit Stille bedeckte.

„Frieren Sie denn nicht in Ihren High Heels?", fragte er, als hätte er nur darauf gewartet, dass ich ihn ansah, um eine Konversation zu starten.

„Ja", sagte ich. „Ich friere fürchterlich, aber vor allem tun mir die Fußballen weh. Ich trage nicht sehr oft Schuhe mit Absätzen."

„Oh, das tut mir leid. Ein Spaziergang durch die Stadt fällt dann wohl leider flach, hm?"

„Der Schneefall ist sowieso viel zu dicht, um spazieren zu gehen. Wir werden nass bis auf die Knochen."

Er lachte leise. „Sie übertreiben", sagte er. „Aber ich vermute mal, das ist eine berufsbedingte Angewohnheit. Alle Sprachwissenschaftler übertreiben, wenn sie sprechen und wenn sie schreiben erst recht. Frau Sommer, wir haben dicke Wintermäntel an. Wir werden nicht nass. Und der Schneefall ist auch nur halb so wild. Wollen Sie meine Mütze haben, um Ihr Haar vor dem Schnee zu schützen?"

„Nein, ich komme zurecht", wehrte ich sein Angebot leicht hysterisch ab.

Der Deutsche sollte seine heiße Haube anbehalten,

das war mir ehrlich gesagt lieber. Er sah nämlich ganz gut aus mit diesem Teil. Gekonnt unterstrich die Kopfbedeckung sein markantes Gesicht … und dazu noch dieser Dreitagebart.
Er sah umwerfend aus. Vor allem mit dieser Haube, ncin, er musste sie aufbehalten, sie unterstrich seinen männlich-rauen Look.
„Sie nehmen nicht gerne Hilfe an", stellte er fest.
„Wie kommen Sie darauf?"
„Sie wehren meine ehrlich gemeinten Angebote noch in der Sekunde des Aussprechens ab, ohne ernsthaft darüber nachgedacht zu haben. Allesamt. Woran liegt das?"
„Ich habe es mir zur Angewohnheit gemacht, meine Angelegenheiten allein zu regeln", erwiderte ich stolz.
„Warum?"
Ich überlegte und kaute auf meiner Unterlippe.
Der stellte vielleicht Fragen. Und warum stellte er überhaupt so viele Fragen zu mir? Hatte er nicht behauptet, Wien sehen zu wollen? Ich hätte mir wahrlich urbanere Fragen für unseren Spaziergang zur U-Bahn gewünscht.
Mittlerweile hatten wir den Michaelerplatz erreicht und vor uns lagen die prachtvolle Hofburg, die Kaiserappartements und die Schatzkammer. Diese Sehenswürdigkeiten konnten doch nicht spurlos an ihm vorübergegangen sein.
Gut, der Schneefall, der war mittlerweile schon sehr dicht. Vielleicht nahm er die Pracht der Bauten gar nicht mehr wahr, erblindet im Gestöber.
Nein, trotzdem. Das monarchische Herzwien pochte

unter unseren Füßen und ihn interessierte lediglich, warum ich es nicht ertragen konnte, wenn ein Mensch ein ehrlich gemeintes, nettes Wort an mich richtete. Warum nahm ich Hilfe so ungern an? Seine Frage rührte etwas in mir auf. Längst kannte ich die Antwort darauf. Jemand hatte mich verletzt, als ich noch sehr klein gewesen war. Jemand hatte mich sehr lange und sehr oft verletzt. Und ich war größer geworden und größer, aber die Verletzungen hatten nicht aufgehört. Also war ich in die Geschichten geflüchtet, in den Worten verschwunden. Ich hatte mich zwischen die Seiten eines Buches gesteckt. Dort, wo die Welt noch in Ordnung war und ich die Kontrolle über jeden Buchstaben behalten durfte. Und in dieser fiktiven Welt lebend, hatte ich mir fest vorgenommen, keinem lebenden Menschen mehr eines seiner Worte zu glauben. Vor allem die schönen Worte, die würde ich keinem abnehmen. Sicher nicht. Gerade die, die in Liebe gehüllt waren. Die hatte mir früher keiner gesagt, als ich noch klein war und dann größer und größer wurde. Und das war die Erkenntnis meines Lebens, dass die Liebe, ja, die Liebe, dass die irgendwo zwischen duftenden Seiten lebte, zwischen Buchstaben, in Geschichten, in Erzählungen, aber dass sie in der Realität nicht existierte und resultierend aus dieser Erkenntnis war ich verschwunden ... in meine Bücher geschlüpft und nie mehr aufgetaucht. Und irgendwie hatte mich auch keiner vermisst. Weil ich rein körperlich in diesem Leben anwesend war, aber der echte Teil von mir, der war nicht mehr hier.
Und das war gut so und eigentlich kannte ich es auch

nicht anders. Es war gut.
Ich war stehengeblieben und sah den Deutschen an und er sah mich an und hinter seiner großen, imposanten Gestalt tanzten die Schneeflocken durch das Licht der Straßenlaterne. So leicht. So zart.
Es roch nach Winter und Weihnacht. Es waren kaum Menschen unterwegs und das an einem Samstagabend. Es war gespenstisch.
Plötzlich hob der Deutsche beide Hände und führte sie auf mein Gesicht zu. Instinktiv hüpfte ich einen Schritt zurück. Er aber ließ sich nicht beirren und folgte mir hinterher und dann griff er nach meiner Kapuze und zog sie mir langsam über den Kopf.

„Damit Ihre Haare nicht nass werden", sagte er rau und ein bisschen klang es auch zärtlich.

Ich schluckte leise. Wo war mein Atem geblieben? Wo nur? Ah, da war er ja. Er trat als gehauchte Wolke in die Nacht hinaus und traf auf seine. Für die Dauer eines Herzschlags dachte ich, dass er mich küssen wollte. Und für eine Millisekunde war meine Sehnsucht nach diesem Kuss größer als die Angst vor dieser Annäherung.

Mia, pass auf. Das hier ist keine Geschichte, dachte ich, als er sich abwandte und weiterging. *Das ist das Leben. Hier gibt es nichts für dich.*

„Beeindruckend", sagte er, als wir durch die Arkaden hindurchgingen und auf dem Heldenplatz landeten.

„Ja, nicht wahr?", wisperte ich andächtig.

„Was befindet sich in diesem Gebäude?"

Auf diese Frage hatte ich gewartet.

„Die österreichische Nationalbibliothek", sagte ich und meine Stimme bebte vor Zuneigung und Stolz.

Der Deutsche beobachtete mich, las jede Regung von meinem Gesicht ab.

„Lieben Sie diesen Ort?", fragte er.

„Ich habe während meines Studiums sehr viel Zeit hier verbracht."

„Also lieben Sie diesen Ort."

„Ja, ich liebe ihn. Warum fragen Sie?"

„Sie strahlen beim Blick auf das Gebäude. Ich weiß auch nicht. Vielleicht ist es aber auch nur das Meer in Ihren Augen."

„Ich kenne kein Weniger, wenn es um Bibliotheken geht", erwiderte ich.

Stirnrunzelnd dachte er über meine Worte nach, dann erhellten sich seine Züge und er lachte.

„Ach, Sie haben Mehr verstanden. Nein, ich meinte das Meer. Mit zwei E, nicht mit H."

Ich lachte nun ebenfalls. „Das Meer in meinen Augen. Mein Gott, Sie können ja richtig poetisch sein. Das traut man Ihnen gar nicht zu."

„Sie werden es nicht glauben, aber ich hatte eine Zeit, in der habe ich Lyrik und Literatur verschlungen und sogar ab und zu Gedichte geschrieben."

Mein Interesse war sofort geweckt.

„Wann war das?"

„Ist lange her", erwiderte er und unterstrich seine Aussage mit einer Wegwerfbewegung seiner Hand. „Zu lange, als dass ich mich mit Ihnen darüber austauschen könnte. Aber ich habe sie gelesen. Die großen Werke der Weltliteratur. Und *Krieg und Frieden* war einst mein Lieblingsbuch."

„Wie lange?"

„Wie bitte?", fragte er.

„Wie lange ist es her, dass *Krieg und Frieden* ihr Lieblingsbuch war?"

Er zuckte mit den Schultern. „Keine Ahnung. Dreißig Jahre, oder so. Ich habe nach dem Abi in einem Anfall von Anarchie ein Jahr lang Philosophie studiert und ein paar Kurse in Literatur belegt. Damals wollte ich radikale Schriften verfassen, um etwas in dieser Welt zum Positiven zu bewegen. In meiner Welt. Und in der aller anderen."

„Was ist passiert?", fragte ich, denn man hörte nur auf, eine Welt verändern zu wollen, wenn einem die eigene zerbrach.

„Ich habe geheiratet", sagte er und sein Mund bekam einen harten Zug.

„Ach, Sie sind verheiratet?", fragte ich und spürte, wie die Enttäuschung in mich eindrang und mit einem Fußtritt die Tür zur Hoffnung zutrat. Warum war sie auch einen Spalt aufgegangen?

„Ich *war* verheiratet", erwiderte er. „Aber das ist lange vorbei. Meine Ex-Frau lebt mittlerweile in der Schweiz und gibt das Vermögen meines Cousins aus."

„Jetzt klingen Sie aber verbittert, Herr König."

„Tatsächlich?"

„Ja."

„Das ist seltsam, denn ich habe mit meiner Ex-Frau ein gutes Einvernehmen. Ein bisschen war es ja auch meine Schuld, dass sie bei meinem Cousin gelandet ist."

„Wieso?"

„Ich hab die beiden einander vorgestellt und danach sehr viel Zeit in Tokio verbracht."

„Tokio? Wow!", rief ich. „Wieso waren Sie denn in Tokio?"

„Die Karriere", meinte er lapidar. „Kennen Sie den Film *Lost in Translation*?"

Ich schüttelte den Kopf. „Nein. Leider. Wenn ich ehrlich sein soll, ich sehe nicht sehr viel fern."

„Sehen Sie ihn sich an", sagte er. „Anhand des Films können Sie begreifen, wie sich diese Jahre in Japan für mich angefühlt haben. Und in der Zwischenzeit hat meine Frau meinen Cousin gepoppt und sich in ihn verliebt." Ich lachte laut auf. „Was finden Sie daran so lustig?", fragte er ernst.

„Oh Gott, Entschuldigung, ich lache natürlich nicht über Ihre zerbrochene Ehe, sondern über das Wort *gepoppt*. Das sagt hier in Österreich niemand. Es ist ein deutsches Wort. Ganz nebenbei, ich sammle deutsche Wörter."

„Und welches kaiserliche Wort verwenden Sie für Sex, wenn ich fragen darf? Koitieren?"

Ich spürte, wie meine Wangen heiß wurden. Der Deutsche unterschätzte mich. So spröde und konservativ war ich nicht, wie er von mir dachte.

„Nichts", erwiderte ich würdevoll. „Ich sage gar nichts dazu."

„Gar nichts?", rief er aus. „Warum das denn? Sprechen Sie nicht über Sex?"

„Ungern."

„Warum?"

„Weil es mich antörnt."

Verblüfft riss er die Augen auf und sofort tauchten freche Blitze darin auf, die sich direkt in meinem Gesicht entluden.

„Damit habe ich jetzt nicht gerechnet, Frau Sommer", sagte er rau. „Das sind ja ganz neue Seiten, die Sie mir da an sich zeigen."

Wir starrten uns an. Zwischen uns baute sich ein Spannungsfeld auf, in dessen Hitze sich jeder Schneekristall erbarmungslos verlor.

„Ich bin temperamentvoller, als die meisten von mir denken", sagte ich, wirbelte herum und ging schnurstracks weiter. Der Deutsche folgte mir.

Wir ließen den Heldenplatz hinter uns und überquerten die Ringstraße. Ich fühlte Euphorie in meinen Adern aufsteigen und einen wilden Wirbelwind, der die Schwingung von Abenteuer in sich trug.

„Wollen Sie noch etwas von Wien sehen?", fragte ich ihn spontan über die Schulter hinweg. Plötzlich wollte ich nicht mehr nach Hause fahren und nicht in einer U-Bahn sitzen, in der es nach Erbrochenem roch. Ich wollte etwas anderes.

Der Deutsche kam mir hinterher, die Hände tief in seinen Manteltaschen vergraben.

„Gerne, Frau Sommer", sagte er. „Gerne will ich mehr von Wien sehen. Die Christkindlmärkte sollen recht schön sein."

Das Raue in seiner Tonlage sprang mich an, um mir die Kleider vom Leib zu reißen.

Und plötzlich taten mir die Füße nicht mehr weh und mir war auch nicht mehr kalt.

„Dann folgen Sie mir", sagte ich. „Wir können auf den Spittelberg gehen. Das ist einer meiner Lieblingsweihnachtsmärkte. Den müssen Sie gesehen haben."

SPITTELBERG
JAN

Elektrisiert überquerte ich die Ringstraße und folgte Mia Sommer auf den Maria Theresienplatz.
Himmel, war diese Frau sexy, ohne es zu ahnen.
Kaiserliches Flair umhüllte uns elegant und schwer, als wir uns den ehrwürdigen Museen näherten. Fast rechnete ich damit, von einer Kutsche angefahren zu werden. Als dann tatsächlich ein Fiaker-Gespann mit zwei weißen Pferden hinter uns vorbeitrabte, entlockte mir das ein Schmunzeln.
Vor allem der vermummte Kutscher amüsierte mich, der mit mürrischer Miene und zusammengekniffen Augen in den dichten Schneefall guckte und gelangweilt die Zügel schwang.
Ein echter Wiener eben.
Mürrisch und unzugänglich.
Wie lautete der Slogan der Stadt?
Wien ist anders. Das ist es.
Nur halb konzentriert lauschte ich Mias städteführerischen Erklärungen, bemüht, ein interessiertes Gesicht zu machen. Was juckte mich Maria Theresia? Sie war eine aufgeklärte Revolutionärin gewesen?
Von mir aus.
Wieso wusste die heiße Kommunikationslady überhaupt so viel über diese absolutistische Matrone zu erzählen? Ihr Monolog über Maria Theresia schien ja schon Stunden anzudauern.

Fasziniert betrachtete ich sie und fragte mich, ob sie im tiefsten Inneren versaut war. War sie. Bestimmt. Sie war es. Ganz sicher.
Mia registrierte mein lustvolles Stieren nicht. Sie redete wie ein wandelndes Lexikon. Gewiss hatte sie ihr ganzes Leben in irgendwelchen Bibliotheken verbracht. Aber vielleicht war sie auch nur ein Fan von starken Frauenfiguren aus der österreichischen Geschichte. Ob sie die alten Sissi-Filme liebte?
Würde zu ihr passen. Oder war sie etwa eine Emanze? Oh, bitte nicht.
Ich verwarf den Gedanken. Nein, für eine Emanze war Mia viel zu weich, viel zu sinnlich.
Sie war eine schöne Frau.
Eine der schönsten, die ich je gesehen hatte.
„Rechter Hand ist das Naturhistorische Museum und linker Hand das Kunsthistorische Museum", erklärte sie mir und fuchtelte mit ihren Händen vor meinem Gesicht herum. Überhaupt bewegte sie ihre Hände sehr viel beim Sprechen. Was im Widerstreit zu ihrer Sprachmelodie stand. Mia zog jedes Wort in die Länge, vor allem die Vokale. Dadurch entstand dieser eigentümliche Wiener Duktus, von dem ich unweigerlich in den Bann gezogen wurde. Wenn Frau Sommer sprach, fühlte ich mich wie hypnotisiert. Und plötzlich hatte ich eine Vorahnung. Es war nur eine diffuse Erkenntnis, die sich kaum in meine Welt geschoben, wieder verflüchtigte.

War ich etwa verloren gegangen in dieser attraktiven Wienerin? Aber wer hätte dieser Frau schon widerstehen können? Bei diesen Augen. Augen, die an Mehr und Meer erinnerten und bei einer Stimme, die mich wie Opium berauschte. Und bestimmt schmeckte Mia Sommer süßer als Honig. Unweigerlich schlichen die schmutzigsten Fantasien durch meinen Kopf und erinnerten mich hart neckend an meine Mission. Ich wollte sie küssen, ihr die Kleider vom Leib reißen, sie schmecken und dann in den siebten Himmel stoßen. Wurde Zeit, mal ein wenig an Tempo zuzulegen. Ich wollte diese Frau nackt in meinem Bett haben und meinen harten Schwanz in ihr versenken und das am besten bald und nicht erst, wenn ich mir den Arsch in dieser Kälte abgefroren hatte.

Mia Sommers Zeigefinger schnellte vor und an meinem Gesicht vorbei. Ich drehte den Kopf und folgte der Bewegung ihrer Hand mit meinen Augen.

„Eine ganz wundervolle und sehr beeindruckende Museumsbibliothek befindet sich im linken Trakt des Kunsthistorischen Museums", schwärmte sie. „Diese Bibliothek hat eine beeindruckende Sammlung antiquarischer Bücher, für die ich auf die Knie gehen würde, um sie nur einmal anfassen zu dürfen."

„Ach ja?", fragte ich. „Auf die Knie?"

Ein Schnappschuss in meinem Kopf. Erotische Skizzierungen, die mir Mia Sommer in allen möglichen Positionen zeigten. Ich ließ meinen Blick zwischen den identen Museumsbauten hin und her wandern und spürte meiner Erregung nach, die in mir wuchs und wuchs.

Wie es wohl wäre, ihre ständig herumtanzenden

Hände zu fesseln? Ob sie das mochte? Sprach sie beim Sex? Sie kannte ja kaum Punkt und Komma beim Reden. Wahrscheinlich war das im Bett nicht anders. Ich war mir ziemlich sicher, dass Mia Sommer richtig laut war, wenn sie kam.

Hm, ich würde es herausfinden.

„Wie haben Sie das gemeint?", fragte ich. Ein Frosch steckte mir im Hals und ich räusperte mich. „Als Sie sagten, es törnt Sie an, wenn Sie über Sex sprechen?"

Mia unterbrach ihre Rede über bibliophile Kunst und starrte mich an. Ihre Augenbrauen zogen sich verärgert zusammen, was sie nicht streng, sondern süß aussehen ließ. Sie schürzte die Lippen.

„Ich denke, ich war unmissverständlich, oder?", sagte sie spitz.

„Das waren Sie. Trotzdem möchte ich näher darauf eingehen."

„Was mich nicht im Mindesten überrascht", meinte sie hochmütig. „Geben Sie es zu, Herr König. Sie haben, seit wir den Heldenplatz verlassen haben, nur an Sex gedacht."

Ich grinste. „Das habe ich. Aber es spricht aus meiner Sicht nichts dagegen, das Thema zu vertiefen."

Ein Lächeln huschte über ihre Lippen.

„Wenigstens sind Sie ehrlich", sagte sie.

„Das bin ich immer", erwiderte ich im Brustton der Überzeugung.

In ihren Blick trat eine verlorene Verträumtheit, die ich mir nicht recht erklären konnte.

„Wollen wir hier im Weihnachtsdorf was trinken oder auf den Spittelberg gehen?", fragte sie. „Ich erkläre Ihnen gerne, was ich an Gesprächen über Sex spannend finde, aber dazu brauche ich ein alkoholisches, hochprozentiges Heißgetränk."

„Das dürfen Sie entscheiden", entgegnete ich höflich. „Es ist immerhin Ihr Schuhwerk, das unser Vorankommen durch die Stadt erschwert."

Sie schlang die Arme um ihre Mitte und blickte auf ihre Füße hinunter.

„Ach ja, diese schrecklichen Schuhe, die sind wirklich ein Problem", murmelte sie und warf mir einen verzweifelten Blick zu.

Sie begann, in ihrer Handtasche zu kramen und fischte ihr Smartphone heraus. Ohne mir eine Erklärung zu liefern, tippte sie darauf herum. Sekunden später zeigte mir der Piepton an, dass sie eine Antwort erhalten hatte. Ob sie ihrem Mann eine Nachricht geschrieben hatte, dass sie später nach Hause kommen würde?

Sah ganz danach aus. Ich schmunzelte. Das war ein gutes Zeichen, ein sehr gutes sogar.

„Wir gehen auf den Spittelberg", sagte sie. „Folgen Sie mir. Der Weihnachtsmarkt ist nicht weit von hier."

Schweigend gingen wir an den Buden des Weihnachtsdorfes vorbei und ließen die beiden ehrwürdigen Museen hinter uns.

„Ich führe Sie noch durchs Museumsquartier", erklärte sie mir, als wir an der Ampel die Straße überquerten. „Das MQ müssen Sie auf jeden Fall gesehen haben. Es ist hip und futuristisch und folgt nicht dem klassischen Schema F eines Weihnachtsmarktes. Es gibt keinen Weihnachtsschmuck, keine Verkaufsstände und statt klassischer Weihnachtsmusik werden die Besucher mit elektronischen Sounds beschallt. Die Punschstände befinden sich in sechs leuchtenden Glaspavillions. Sehr beeindruckend. Sie werden sehen. Hauptsächlich versammelt sich dort das junge, studentische Volk ... dem wir beide ... nun ja ... leider nicht mehr angehören."

„Was ich persönlich nicht bedauerlich finde. Ich möchte nicht mehr Zwanzig sein. Sie etwa?"

„Dann haben Sie kein Problem mit Ihrem Alter?", fragte sie erstaunt.

„Nein, warum sollte ich? Es ist doch wirklich widersinnig, sich über sein Alter zu grämen. Nie gab es Unveränderlicheres als das Voranschreiten der Zeit."

Ich musterte Mias Gesicht, über das ein Regenbogenradius an Farben glitt. Mittlerweile hatten wir den Innenhof des Museumsquartiers erreicht, der eine einzige spektakuläre Lichter- und Lasershow war. Und Mia hatte recht behalten. Ich war beeindruckt. Interessiert ließ ich meinen Blick rundum schweifen. An die weißen Wände der Gebäude wurden modernistisch geformte Schneeflocken projiziert, die aus den Museen faszinierende Kunstkuben formten. Der Boden bebte dank der wummernden Bässe aus den Boxen. Als ich die vielen jungen Menschen musterte, die sich lachend unterhielten, konnte ich plötzlich die

Melancholie aufgreifen, von der Mia Sommer umgeben war wie von einer weichen Wolke.

Wir standen uns gegenüber und blickten jeder in eine andere Richtung. Sie griff nach ihrer Kapuze und zog sie über ihren Kopf nach hinten.

Und plötzlich hatte ich nur noch Augen für den Schnee, der sich über ihr braunes Haar legte und es mit Weiß bedeckte.

„Haben Sie Angst vor dem Älterwerden?", fragte ich und blickte auf sie herab.

Ihr Blick driftete ab und kehrte dann ein wenig verunsichert in meinen zurück.

„Mir läuft die Zeit davon", sagte sie.

„Na und? Die Zeit läuft jedem davon. Und niemand kann sie aufhalten. Aber warum stört Sie das?"

In ihren Augen sammelten sich Tränen. Hatte ich ihren wunden Punkt getroffen? Offensichtlich.

„Darf ich raten? Midlife-Crisis. Widerlich. Hatte ich auch mal. Hab mir eine Harley gekauft. Das hat geholfen. Wobei Sie mir nicht wie eine Frau aussehen, die auf schweres Eisen steht."

Sie lächelte schwach. „Ich werde im Januar vierzig und der Gedanke daran deprimiert mich."

„Warum?"

„Weil ich es in vierzig Jahren nicht geschafft habe, in die Realität zu gelangen."

„Wo waren Sie denn die letzten vierzig Jahre?"

„Im Wunderland", erwiderte sie leise und schlug die Augen nieder.

„Im Wunderland? Wie Alice?", fragte ich verblüfft.

„Ja, wie Alice."

Ich runzelte die Stirn und versuchte mich an die Eckpfeiler der Geschichte zu erinnern. War die nicht von einem Autor geschrieben worden, dem man übermäßigen Drogenkonsum nachgesagt hatte? Immerhin veränderte Alice ihre Größe, wenn sie sich Pilze oder Kekse einwarf. Und es gab ein Karnickel, das immer zu spät kam und einen verrückten Hutmacher und eine Katze, die stets grinsen musste. So viel zum Thema: Verlust der Realität.

„Sie finden mich seltsam", sagte Mia.

„Seltsam ist gar kein Ausdruck."

Mit großen Augen blickte sie mich an. Die Flüsse darin wollten überlaufen. Sie würde doch nicht zu weinen beginnen.

„Das war ein Scherz", versuchte ich sie zu beschwichtigen. „Ich weiß, dass der deutsche Humor oftmals falsch verstanden wird. Ich kann Ihnen aber versichern, dass es nicht meine Absicht war, Sie zu diffamieren."

Sie winkte ab. „Lassen wir das Thema", meinte sie. „Es ist mühsam."

„Erlauben Sie mir nur eine Frage zum Verständnis? Warum kommen Sie nicht aus Ihrem Wunderland heraus? Sie gebärden sich ja, als ob Ihr Leben auf einen Schlag vorbei wäre, wenn Sie im Januar vierzig werden. Ich kann Ihnen aber aus eigener Erfahrung sagen, dass das Leben dann erst so richtig hemmungslos wird. Das Leben ist immer im Jetzt. In diesem Moment."

In dem ich dich küssen will.
Weil du schön bist und der Schnee auf deinen Haaren liegt und weil du Angst hast und ich diese Angst kenne.
Und weil bald Weihnachten ist und ich bin allein.

„Das will ich ja", sagte sie achselzuckend. „Ich will ja rauskommen aus meinem Wunderland, aber ich finde die Tür nicht."

„Vielleicht haben Sie die Tür nicht an der richtigen Stelle gesucht."

„Ich habe sie überall gesucht", protestierte sie und schob ihr Kinn trotzig vor.

„Etwas müssen Sie aber übersehen haben. Suchen Sie weiter."

„Ich suche und suche und finde sie nicht. Ich habe aufgegeben."

„Vielleicht brauchen Sie dieses Karnickel. Das mit der Uhr. Damit es Ihnen den Weg zeigt. Keine Ahnung. Wer hilft denn Alice in der Geschichte, dass sie wieder zurück in die Wirklichkeit findet?"

Mia nagte an ihrer Unterlippe und schwieg.

„Wie kommt Alice zurück in die Realität?", insistierte ich. „Das müssen Sie mir schon sagen. Ich persönlich weiß es nicht, aber Sie, Mia Sommer, Sie kennen das Buch. Ich bin mir fast sicher, dass es kein Buch gibt, das Sie nicht kennen. Also, wie findet Alice die Tür, die zurück in ihr Leben führt?"

Mia atmete tief durch, als müsste sie sich für ihre Antwort sammeln.

„Sie wacht einfach auf", erwiderte sie.

In ihren Augen schimmerte dieses tiefe Erkennen,

das sich immer dann zeigte, wenn man einen Sprung nach oben, in die Welt der Wirklichkeit, geschafft hatte und plötzlich kapierte, dass man sich nur selbst im Weg stand und kein Gegenüber einen blockierte.
Ich neigte mich zu ihrem Ohr hinab.
„Da sehen Sie's", flüsterte ich. „Die Lösungen sind oft simpler, als man denkt."

Durch eine verträumte, enge Gasse, deren ohnehin schon minimalistische Breite durch verkitschte Verkaufsbuden verringert wurde, drängten wir über ein Kopfsteinpflaster eine leichte Steigung hinauf.
Das nannten die Wiener also einen Berg.
Interessant.
„Dieser Christkindlmarkt gilt als kleiner Geheimtipp", erklärte Mia begeistert.
Ich deutete mit dem Kinn auf die Menge, die uns verschluckt hatte und der wir willenlos folgen mussten, ob wir wollten oder nicht. Fast klebte ich im Krausehaar meines Vordermannes und spürte den Atem meines Hintermannes.
„Sehr geheim scheint mir dieser Tipp aber nicht mehr zu sein", spottete ich.
Mia lachte. „Zugegeben, er war vielleicht mal ein Geheimtipp. Aber das ist lange her."
„Darf ich raten, wie lange? Ich schätze zu Maria Theresias Zeiten."
Sie lachte wieder. Und sah bezaubernd dabei aus. Sie hatte weiße, ebenmäßige Zähne.
An einem Platz angekommen, verteilte sich die

Menschenmenge und ich konnte endlich wieder frei durchatmen.

„Puh, ich hatte beinahe klaustrophobische Anfälle und wahnsinnige Lust, jemanden im Gemenge zu beklauen", scherzte ich.

„Würden Sie mir einen Gefallen tun?", ignorierte sie meinen Witz. „Würden Sie sich bei dem Standl dort drüben anstellen und uns was zu trinken besorgen? Die Feuerzangenbowle sollten Sie unbedingt probieren, wenn Sie schon einmal auf dem Spittelberg sind. Sie ist die Spezialität hier."

Ich runzelte die Stirn, ersparte es mir aber, nachzuhaken, da ich annahm, dass *Standl* das österreichische Synonym für eine Punschbude war.

„Trinken Sie denn keinen Wääin mehr?", fragte ich mit einem Augenzwinkern.

Insgeheim hatte ich für Punsch nichts übrig. Für einen trockenen Zinfandel in einem gepflegten und vor allem warmen Restaurant hätte ich mehr Begeisterung aufbringen können als für ein klebriges, zuckerüberdosiertes Gesöff im Gemenge grölender, weihnachtsmützentragender Betrunkener.

„Äh, nein, ich werde die Bowle nehmen," antwortete sie. „Wenn ich schon mal hier bin."

„Also, zwei Feuerzangenbowlen?"

„Ja, bitte. Warten Sie dann an einem der Stehtische auf mich? Da drüben? Ich bin gleich wieder da."

„Sehr wohl, Frau Sommer."

Sie tauchte in der Menge unter, ging aber an den WC-Anlagen vorbei. Skeptisch blickte ich ihr hinterher, bis sie um die Ecke verschwunden war. Wohin ging sie? Wahrscheinlich mit ihrem Mann telefonieren. Der machte sich gewiss schon Sorgen, wo seine Ehefrau geblieben war. Wenn sie sich abends auch mit widerlichen Gestalten in U-Bahnen herumschlagen musste.

Ich reihte mich in die Warteschlange ein, bestellte zwei Feuerzangenbowlen und balancierte die randvoll gefüllten Tassen durch die Menschenmassen an einen der Stehtische. Dabei leerte ich einen beträchtlichen Teil des Inhalts über meine Finger. Das war aber auch ein Gedränge hier. Augenrollend wischte ich mir die Hände an einem Taschentuch ab, das ich in meiner Manteltasche fand. Vorsichtig führte ich die Tasse an meinen Mund und nippte an dem Punsch. Der Geruch von Zimt und Orangen stieg mir in die Nase und auf meiner Zunge explodierten Gewürznelken. Ich schloss die Augen und verlor mich in wärmenden Erinnerungen an ein Weihnachtsfest, an dem ich selbst noch ein Kind gewesen war und mit meiner Großmutter Punsch gekocht hatte. Das war lange her. Aber plötzlich fühlte es sich wieder so nahe an und wärmte mein Herz. Ich hörte in Gedanken das Weihnachtslieder-Rauschen aus Omas altem Radio, untermalt vom Knistern des Holzes im Küchenofen. Der Geschmack von glasiertem Bratapfel.

Let it Snow! Let it Snow! Let it Snow!

Ich blickte an den bunten Lichterketten vorbei und in den Himmel hinauf. Zum ersten Mal seit sehr langer Zeit war ich wieder in Weihnachtsstimmung.

Hatte es dazu eine verkorkste Schreiberin, einen überlaufenen Weihnachtsmarkt und eine monarchische Stadt gebraucht?

Die Zeit verstrich, während ich meine Bowle austrank und Mia Sommers Bowle langsam erkaltete. Wo zum Teufel blieb sie? Das Telefonat mit ihrem Ehemann schien länger anzudauern, als mein Geduldsfaden das für gut befand. Meine Laune verschlechterte sich und in meinem Innersten braute sich der Verdacht zusammen, dass sie mich sitzen gelassen hatte. Ich spürte, wie mein Ego gegen diese Gefühle ankämpfte. Aber vor allem war es die Enttäuschung, die sich wie Gift in meinem Blut ausbreitete. Ich hatte begonnen, Mia Sommers Gesellschaft zu genießen und wollte nicht, dass unser Abend so endete. Tatsächlich wusste ich nicht mehr, wie ich mir vorstellte, dass der Abend endete, aber eines wusste ich ... ich wollte noch mehr Zeit mit Mia verbringen. Wo blieb sie nur? Vielleicht diskutierte sie gerade mit ihrem steuerberatenden Eberhard oder wie der arme Tropf von Ehemann hieß. Vielleicht hatte sie ihm erzählt, dass sie noch mit einem Kollegen auf dem geheimen Spittelberg unterwegs war. War ihr Ehemann einer von der eifersüchtigen Sorte? Durchaus vorstellbar bei Mias Schönheit. Bestimmt war ihr Mann einer dieser Anzugträger, der seiner Frau keine Freiheiten ließ und sie einsperrte. Würde zu ihr passen.
Ihre masochistischen Tendenzen lagen für mich klar auf der Hand. Ach, wie gut konnte ich mich noch an diesen Stress erinnern, obwohl meine Ehe schon so

viele Jahre zurücklag. Meine Partnerin war schrecklich eifersüchtig gewesen. Und sie hatte mich damit in den Wahnsinn getrieben und sich letzten Endes in die Arme meines Cousins geworfen. Eigenartig. Das war heute schon das zweite Mal, dass ich an Eva dachte. Wieso fühlte ich mit einem Mal diese innere Bereitschaft, mit alten Themen abzuschließen, um etwas Neues zu beginnen?
Endlich tauchte Mia wieder auf.
Sie wirkte atemlos und erklärte sich, ehe ich neugierige Fragen stellen konnte.

„Entschuldigen Sie, dass Sie so lange auf mich warten mussten, aber ich habe auf einen Sprung bei meiner besten Freundin Sabine vorbeigeschaut ... und ... nun ja ... die hört sich gerne selbst reden. Ich war auch ein wenig in Erklärungsnot. Mein Anliegen war eher untypisch für mich, um nicht zu sagen abstrus. Ich bin nicht so der spontane Typ und das weiß Sabine. Sie wollte natürlich sofort eine ausführliche Erklärung für mein überraschendes Auftauchen. Vor allem, weil ich sie schon seit Wochen nicht besucht habe, aber wer hat denn auch Zeit um Weihnachten rum und sie hat ja auch die Kinder, die nicht gerade leicht zu managen sind. Ist das meine Bowle?"

Ich nickte und sie griff mit beiden Händen nach ihrer Tasse und führte sie an den Mund.

„Igitt, die ist ja schon kalt!", rief sie aus, nachdem sie daran genippt hatte.

„Sie waren bei Ihrer besten Freundin?", hakte ich nach. „Jetzt?"

„Äh … ja … die wohnt gleich um die Ecke. Gott sei Dank war sie zu Hause und hat auf meine SMS reagiert. Aber … na ja … bei zwei kleinen Kindern hab ich fix angenommen, dass sie zu Hause ist. War sie ja auch."

„Ist das in Österreich so üblich?"

„Was?"

„Dass man einander spontan besucht, wenn man in der Nähe ist. Sie hätten mich übrigens ruhig mitnehmen können. Ich beiße nicht. Zumindest nicht, wenn ich Kleidung trage."

„Sie hat … mir … äh … bei meinem Problem geholfen," stotterte Mia.

„Das da wäre?"

Mia trank noch einen Schluck und trat dann einen Schritt zurück. Verlegen lächelnd deutete sie auf den Boden. Ich blickte an ihren Beinen nach unten.
Ihre Füße steckten in fellbesetzten Moonboots, die ihr um einige Nummern zu groß waren und außerdem einem Mann zu gehören schienen.

„Das nenne ich mal ein Statement zum weiteren Verlauf unseres Abends", sagte ich breit grinsend.
Sie schlug mir auf den Arm.

„Wehe, Sie machen sich auch nur eine Sekunde lang über meinen Aufzug lustig."

„Das kann ich Ihnen wirklich nicht versprechen. Können Sie mit diesen Dingern überhaupt laufen?"

„Besser als mit High Heels."

„Und wem gehören diese Schuhe? Hansi Hinterseer?"

„Es sind die Schuhe von Bernhard", erklärte sie mir und ihre Wangen röteten sich, was bestimmt nicht an der winterlichen Kälte lag. „Das ist der Mann meiner Freundin. Sabine und ich haben nicht die selbe Schuhgröße. Ich hatte also die Wahl zwischen Stiefeln, die mir zwei Nummern zu klein sind oder diesen, die mir drei Nummern zu groß sind. Ich habe mich für Bernhards einziges Paar Winterstiefel entschieden."

„Sie haben die richtige Wahl getroffen. Ihr Aufzug ist zwar etwas eigentümlich, aber durchaus praktikabel für eine lange Nacht."

Ich betonte das *lange* sehr eindringlich.

„Praktikabel trifft es wohl", murmelte sie. „Wollen wir weiterziehen? Ich kann Ihnen noch mehr von Wien zeigen, wenn Sie das wollen. Jetzt bin ich gegen die Kälte gerüstet."

Ihre Augen funkelten wie Weihnachtskugeln, in denen sich das Licht eines Sternspritzers reflektierte. Ich brachte kein Wort heraus, starrte sie nur an. Sie hatte schöne Lippen. Und unter ihrer kühlen Reserviertheit loderten helle Flammen.

„Ich möchte Ihnen noch so viel zeigen, vor allem das urige, morbide, schräge Wien", sagte sie.

„Ach, es geht noch schräger?"

„Jetzt wird es erst richtig schräg."

Ich deutete eine Verbeugung an. „Okay, ziehen wir weiter. Nach Ihnen, Frau Sommer."

Ich folgte ihr durch das Gedränge und starrte kopfschüttelnd auf die Moonboots, mit denen sie ziemlich unbeholfen über das Kopfsteinpflaster stapfte. Immer wieder blickte sie über die Schulter zurück und warf mir ein Lächeln zu. Und ihr Lächeln war so weit und sexy, dass ich davon ins Taumeln geriet. Über meinem Kopf leuchtete eine Sternschnuppe auf und dann noch eine und noch eine und die Lichter dieser Verkettung durchbrachen eine dunkle Mauer in mir und kamen in meinem Herzen an, das sich schon lange nicht mehr so gelöst gefühlt hatte.

CAFÈ SPERL

MIA

Ich dachte an all die urigen Kaffeehäuser, die es in Wien gab und visualisierte ihren Standort auf meiner virtuellen Landkarte. In welches Café sollte ich den Deutschen ausführen? Ins *Hawelka* in der Innenstadt oder ins *Central* im *Palais Ferstel*? Ich entschied mich für das *Sperl*, das uns am nächsten lag und von dem ich wusste, dass es bis 23 Uhr geöffnet hatte.
Wir schlenderten die Stiftgasse hinunter und landeten auf der Mariahilfer Straße. Meine Gedanken rasten. War das *Sperl* auch wirklich okay? Wie viel wienerische Verwahrlosung konnte ich dem Deutschen zumuten? Wien konnte ganz schön abgesandelt sein, wenn es das sein wollte, aber irgendwie gehörte das auch dazu, wenn man die Stadt in seiner morbiden Authentizität erleben wollte. Nun gut, wir waren keine Zwanzig mehr, also schieden jene Kaffeehäuser aus, in denen noch geraucht wurde und man auf dem Weg zur Toilette am grauslichen Laminat picken blieb. Und auch die, in denen Plakate an den Wänden hingen, die auf einen *Ragga-Jungle-Tek* im *Flex* hinwiesen, die waren auch nichts.
Jans schickem Hugo-Boss-Anzug nach zu urteilen, sollte das Ambiente eher nicht zu verlottert sein. Das *Sperl* war okay. Dort könnte er ein Glaserl Wein bestellen und ich ein Häferl Tee trinken.
Ja, ein Tee war gut, die Kälte hatte sich ja schon

durch meine eleganten Strümpfe gefressen. Wenigstens waren meine Zehen warm. Aber das war kein Wunder, ich trug ja Bernhards Monsterboots. Selbst am Himalaya würde man damit nicht erfrieren.
Jan warf mir einen langen Blick zu, bei dem pures Feuer durch meine Adern schoss. Ich hatte so etwas noch nie erlebt.
Dieser Mann konnte mit seinen Blicken verführen. Er hatte einen Gierblick. Ja, einen echten Ich-vögel-dich-nur-mit-meinen-Augen-Blick. Er erinnerte mich an ein Raubtier, das mich jeden Moment reißen würde, wenn ich nicht gut auf mich achtgab.
Jan.
Mir gefiel sein Name.
Sehr deutsch, das mochte ich.
Jan.
Sein Name hatte drei Buchstaben, genau wie meiner.
Mia und Jan.
Eine meiner Neurosen war es, dass ich Buchstaben in Wörtern zählte, wann immer ich vor einer Entscheidung stand und mir mit der Antwort nicht sicher war.
Wenn ich dieses Wort durchzähle, dann weiß ich, was ich tun soll.
Jan. Das ergab Ja.
Ja. Nein. Ja.
Jan war Ja. Genau wie Mia.
Aus alter Gewohnheit suchte ich nach einem Wort, während wir durch das nächtliche Wien spazierten und fand keines, weil ich die Frage nicht stellen wollte, vor der ich mich fürchtete.

Jan ... Ja oder Nein?

„Das ist die Mariahilfer Straße", erklärte ich ihm unaufgefordert, als mir das Schweigen zwischen uns zu unangemessen wurde. „Sie ist die größte Einkaufsstraße von Wien und verbindet die innere Stadt mit dem Außenbezirk Penzing. Auf der inneren Mariahilfer Straße befinden sich viele Geschäfte, Bars, tolle Restaurants und Cafés. Ich kann Ihnen ein paar aufschreiben, wenn Sie wollen. Das *freiraum* ist zum Beispiel ein sehr trendiges Restaurant und im *DOTS* muss man mal Sushi gegessen haben. Sehr elegant und sehr lecker. Die äußere Mariahilfer Straße, also die ist dann dort, wenn Sie den Gürtel überqueren, die kann ich Ihnen allerdings nicht empfehlen. Dort befindet sich der illegale Straßenstrich von Wien. Zumindest war das früher mal so. Ich war lange nicht dort. Vielleicht ist der Strich ja wieder in den Prater abgewandert. Schwer vorstellbar, wo der Praterstern ja eigentlich resozialisiert wurde. Nun gut, Sie als Mann brauchen die äußere Mariahilfer Straße ja nicht wirklich zu fürchten. Ich erzähle Ihnen das auch nur, weil es oft lästig ist für die Männer, wenn sie dauernd von den Frauen angequatscht werden und Sie als Ausländer sollten das vielleicht wissen, dass man dort besser nicht spazieren geht. Also das gilt natürlich nur für nachts, am Tag ist die Straße okay. Aber gut, es kann ja sein, dass Sie ..."

Ich stockte mitten im Satz und lief rot an.

Mein Gott! Ich redete einfach zu viel, wenn ich nervös war. Leider. Mit meiner Eloquenz war es dann nicht mehr weit her.

„Ich kann Ihnen versichern, dass ich keinerlei Interesse an Wiens illegalem Straßenstrich hege", erwiderte er trocken, aber an seinem zuckenden Mundwinkel konnte ich erkennen, dass er sich prächtig über meinen Prostituierten-Monolog amüsierte. „Den Gürtel überqueren? War das eines Ihrer zungenfertigen Wortspielchen, Frau Sommer?"

Ich schüttelte entschieden den Kopf. „Nein, kein Wortspielchen. Obwohl, wenn ich darüber nachdenke, es war schon sehr passend, nicht wahr?"

Ich kicherte. Es hörte sich albern an. Das war ich gar nicht. Dieses Tussi-Gehabe.
Ich war eine intellektuelle Existenzialistin.
Das war ich. Kein Betthäschen für eine Nacht.

„Der Gürtel ist eine der Hauptverkehrsadern, die durch Wien führt", erklärte ich ihm. „Und ich versichere Ihnen, ich hatte nur diese Straße im Sinn und auf gar keinen Fall Ihren Gürtel, falls Sie dachten, dass ich diesen gemeint habe."

„Den können Sie aber gerne überqueren, wenn Sie wollen", sagte er rau.

Ich blieb stehen und er blieb stehen und dann sahen wir uns lange an, während leichter Schneefall um uns einsetzte, als hätte er nur auf diese Szene gewartet. Es war mir zu intensiv. Dieses Suchen in seinen Augen und dieses Suchen in mir und das Finden, in dessen Mitte plötzlich ein Leuchten stand.
Es war mir zu intensiv.

Wir standen da, unter einer Straßenlaterne, in einer einsamen Seitengasse der Mariahilfer Straße, die steil nach unten führte und wir sahen uns an und zwischen unseren Körpern wirbelte die Energie in konzentrischen Kreisen. Ich fühlte eine Kraft, die ich noch nie in mir gefühlt hatte. Sie war stark. Und so real, dass der zarte Teil von mir erschrocken zurück in mich selbst sprang, aber der wilde Teil sprang nach vorne und befreite sich aus seinen Ketten, als hätte er sein Leben lang auf diesen Moment gewartet.
Mein Blick entfesselte sich aus Jans lustvollen Augen und schweifte hoch zu dem Schild mit dem Gassennamen. Ich brauchte ein Wort. Sofort! Ich musste eines durchzählen. Ich brauchte ein Wort, an dem ich mich festhalten konnte. Ein Wort. Nur eines.
Königsklostergasse. Ich begann zu zählen.
Ja. Nein. Ja. Nein. Ja. Nein. Ja. Nein. Ja. Nein. Ja. Nein. Ja. Nein. Ja. Nein.
NEIN.
Aber ich hatte keine Frage gestellt. Oder doch?
Zögerlich kehrte mein Blick in Jans Augen zurück.

„Ich bin keine dieser Frauen", sagte ich ernst, weil sein Blick mich schon wieder in Flammen setzen wollte.

Und ich verglühte.

Ich verglühte. Trotz des Schnees.

„Keine dieser Frauen?", fragte er.

„Sie wissen genau, was ich meine. Ich will Ihnen wirklich nur die Stadt zeigen. Und das ist mein voller Ernst. Ich zeige Ihnen meine Stadt, die mir mehr als alles andere am Herzen liegt, aber bestimmt zeige ich Ihnen nicht, was ich unter meinem Kleid trage. Verstehen wir uns da?"

„Was tragen Sie denn unter Ihrem Kleid?"

„Hören Sie damit auf, sonst sage ich: nichts."

Sein Schmunzeln mutierte zu einem Grinsen.

„Ihr Satz lässt zweierlei Rückschlüsse zu", meinte er. „Entweder Sie wollen andeuten, nichts unter Ihrem Kleid zu tragen oder Sie wollen nichts mehr zu Ihrem Darunter-Tragen sagen?"

„Was ich gemeint habe, ist nicht so schwer zu erraten. Denken Sie mal scharf nach. Was würde Sie denn am meisten quälen?"

Jan tat so, als müsste er überlegen und strich dabei mit dem Zeigefinger und dem Daumen über sein Kinn. „Hm, was würde mich am meisten quälen? Nun … wenn ich wüsste, dass Sie nichts unter Ihrem Kleid tragen, ich aber niemals die Gelegenheit bekäme, mich diesem Nichts zu nähern."

„Eben. Dann habe ich das gemeint."

„Die Vorstellung, dass Sie nichts unter Ihrem Kleid tragen, erregt mich mehr, als Sie sich vorstellen können. Tatsächlich wird es mir schwer fallen, dem weiteren Gesprächsverlauf zu folgen."

Ich rollte mit den Augen. „Sie nehmen also wirklich an, dass ich nichts unter meinem Kleid trage? Wir haben minus drei Grad … in halterlosen Strümpfen gefühlte minus 30 Grad. Hatten Sie schon mal eine chronische Blasenentzündung? Ich hatte eine und das ist wirklich nicht lustig."

Er beugte sich vor und ich trat hastig einen Schritt zurück, um ihm auszuweichen.

„Lassen Sie uns gehen", sagte er. „Bevor dieses Gespräch noch pathologisch wird oder ich mir die halterlosen Strümpfe ansehen will."

Wir überquerten die Gumpendorferstraße und gingen auf das *Sperl* zu. Die Fenster des Cafés warfen ihren verlockenden Schein auf den matschigen Gehweg. Wie eine Oase an Licht lockte es uns zu sich durch die kalte Nacht.

„Sie sind wirklich eine massive Herausforderung", murmelte Jan, als er mir am *Café Sperl* die Eingangstür aufhielt. „Immer nur am Opponieren. Aber dieses Bockige und Sperrige an Ihnen finde ich reizvoll. Es motiviert mich, mehr aus mir herauszuholen, um Sie umzustimmen. Wie gerne würde ich mich über Ihren Widerstand hinwegsetzen, nicht mit Gewalt, sondern mit Gefühl."

Ich ignorierte seine letzte Bemerkung, auch wenn mir seine Worte leise Schauer über die Arme wandern ließen. Der Deutsche und seine unlauteren Absichten. Aber um mich zu kriegen, musste er sich schon mehr einfallen lassen, als ein bisschen angedeutetes Gerede über Sex. Immerhin hatte er in früheren Jahren *Krieg und Frieden* gelesen, ja, es war sogar sein Lieblingsbuch gewesen. Er wusste also um die Kraft der Worte.
Warum setzte er sie nicht ein? Na gut, das konnte mir eigentlich egal sein. Es war besser, wenn er nicht durchschaute, wie er mich beeindrucken konnte. Als er mir aus dem Mantel half und mir dann zu einem

der Tische folgte, spürte ich seinen Blick auf meinem Hintern.

„Sie können meinen Widerstand so spannend finden, wie Sie wollen, ich kann Ihnen zu neunundneunzig Prozent versichern, dass wir uns heute Nacht nicht ohne Bekleidung sehen werden", sagte ich, als wir in einer schummrigen Ecke auf einer mit rotem Samt bezogenen Bank Platz genommen hatten. „Ich bin nicht naiv. Ich weiß, dass Sie mich auf der Weihnachtsfeier als neues Opfer auserkoren haben. Frau Schaller hat es mir auf der Damentoilette verraten. ,Der Marmeladinger, hat sie gesagt, der hat es heute auf dich abgesehen, der will dich flachlegen, Mia. Pass auf dich auf.' Ich bin also bestens über Ihre Pläne informiert und leider muss ich Sie enttäuschen, Herr König. Das mit mir, das wird nichts. Das können Sie vergessen. Ich bin SO nicht. Ich kann DAS nicht. Und am Wichtigsten … ich WILL das nicht. Es war mir im ganzen Leben noch nie möglich, Liebe und Sex voneinander zu trennen. Für mich gehören die beiden zusammen. Tja, tut mir leid."

Jan seufzte und seine langen Finger zogen gedankenverlorene Kreise auf der runden Tischplatte.

„Sie verraten so viel von sich und zwar zwischen den Zeilen", sagte er. „Man muss nur richtig zuhören. Tatsächlich feuern Sie mich an, meine Bemühungen zu intensivieren. Sie sind nicht abgeneigt, sich mit mir einzulassen und wollen Sie wissen, an welchen Worten ich das herausgehört habe?"

In diesem Moment tauchte der Ober an unserem

Tisch auf und fragte nach unseren Getränkewünschen. Ich bestellte Früchtetee und Jan einen Kaffee. Der Kellner hörte Jans Nationalität sofort heraus und predigte eine Litanei an Kaffeevariationen herunter. Jetzt war ich es, die grinsen musste. Niemals durfte man in Wien nur Kaffee bestellen. Niemals.
Aber dieser Fehler passierte jedem Unwissenden in einem Wiener Kaffeehaus.
Allerdings passierte er einem nur einmal.
„Welchen Kaffee möchte der gnädige Herr denn?", fragte der Ober süffisant. „Eine Melange, einen Verlängerten, einen Kleinen Braunen, einen Großen Braunen, einen kleinen Schwarzen, einen großen Schwarzen, einen Mokka, einen Einspänner, ein Intermezzo, einen Verkehrten, einen Pharisäer, einen Kapuziner, einen Konsul, einen Kosaken, einen Fiaker oder gar eine Maria Theresia?"
Jan blickte mich hilfesuchend an. „Tja", sagte er und fuhr sich mit der Hand den Nacken hoch. „Einfach nur Kaffee mit Milch."
„Er nimmt eine Maria Theresia", sagte ich bestimmt.
„Sehr wohl, die Dame", näselte der Ober und schwirrte nach einer kleinen Verbeugung ab.
„Mein Gott, ich dachte, der verschluckt jeden Moment seine Zunge", spottete Jan. „Will ich wissen, was eine Maria Theresia ist?"
„Trinken Sie ihn einfach. Ich hoffe inständig, er betäubt Ihre übersteigerte Libido."
„Dazu braucht es mehr als einen Kaffee."

„Wir werden sehen."

„Wollen Sie nun wissen, wodurch Sie sich verraten haben?", fragte er.

„Was habe ich denn wodurch verraten?"

„Sie sind nicht abgeneigt, sich mir hinzugeben."

Ich seufzte laut. „Es waren die neunundneunzig Prozent, ich weiß", sagte ich und lehnte mich mit vor der Brust verschränkten Armen zurück. „Die habe ich bewusst gewählt, aber nur weil ich hundert Prozent für immer aus meinem Wortschatz gestrichen habe. Man muss sich im Leben immer ein Hintertürchen offen lassen. Das hat mir meine Erfahrung gezeigt."

„Oh ja, die Hintertürchen, die sind mitunter oft der bessere Weg, wenn es um Vergnügungen geht."

Ich ließ meinen Blick bewusst genervt an die vergilbte Stuckdecke hochwandern.

Die Lüster über uns wähnten mich in einem anderen Jahrhundert. Und plötzlich fühlte ich mich auch so. Erhaben und elegant. Wie eine Dame, um deren Gunst ein edler Herr in geduldiger Arbeit buhlen musste. Der Gedanke wertete mich auf. Dass es sich vielleicht lohnte, um mich zu kämpfen. Dass ich vielleicht etwas Besonderes war. In seinen Augen. Vielleicht. Aber wer wusste das schon?

„Es waren nicht die neunundneunzig Prozent", sagte Jan. „Sie haben gesagt, dass wir uns heute Nacht nicht ohne Bekleidung begegnen werden und dabei das *heute Nacht* betont. Das heißt, sie haben die heutige Nacht ausgeschlossen, die anderen Nächte aber nicht. Außerdem haben Sie ein leider beigefügt."

„Ein Leider? Wo war ein Leider?"

„Ich muss Sie leider enttäuschen, Herr König. Das haben Sie gesagt."

„Das habe ich doch nur gesagt, weil es mir leidtut. Für Sie und nicht für mich."

„Aha. So ist das also", erwiderte er. „Dann habe ich mich also geirrt. Dann haben Sie tatsächlich kein Interesse an mir. Schade eigentlich."

Der leibhaftige Teufel hätte nicht verschlagener dreinschauen können als er.

Doch, wollte ich sagen. *Ich interessiere mich für dich. Ich will, dass du mich küsst, mich berührst, mich liebst. Aber es sind die anderen Frauen, die mich abschrecken. Ihre Spuren sind überall auf dir und in dir und mein Selbstwert ist zu gering, als dass ich glauben könnte, dass du sie vergessen wirst, wenn du in meine Tiefen tauchst. Ich halte einem Vergleich nicht stand, weil nichts in mir diese Standfestigkeit besitzt, die es bräuchte, um dich zu überleben. Und die Frauen nach mir. Sie werden meine Spuren verwischen, noch ehe du deine Hände von mir genommen hast und mit meinen Spuren, die von deinem Körper und aus deiner Erinnerung verschwinden, werde ich verschwinden. Und dabei wollte ich doch irgendwo bleiben und einmal die Eine sein. Und einmal jemandem die Welt bedeuten, da draußen in der Realität, in der Liebe nicht nur ein Wort ist, sondern etwas, das man erleben kann.*

Endlich verschwand das frivole Grinsen aus seinem Gesicht und seine Mimik wurde ernst.

Wir saßen da, ohne zu sprechen. Saßen nur da.

Und ich erkannte: Mit dem Deutschen konnte man gut schweigen.

Die Wärme tat gut, das schummrige Licht der Lampen ließ alles weich aussehen. Ich starrte auf die verschränkten Finger in meinem Schoß.

„Ich mache keinen Hehl aus meinen Wünschen", sagte er, während seine Hände ganz ruhig auf der Tischplatte lagen. „Was ist denn so schlimm daran, dass ich mit Ihnen schlafen will? Sie sind eine schöne Frau und ich fühle mich zu Ihnen hingezogen. Ich bin aber kein Raubtier, das sich auf seine Opfer stürzt, um sie gegen ihren Willen aufzufressen. Wenn Sie nicht wollen, dann ist das okay für mich. Im Gegenteil, ich genieße den Abend in Ihrer Gesellschaft. Die Gespräche mit Ihnen sind irgendwie amüsant und bedeutungsvoll. Tatsächlich war ich schon lange nicht mehr so entspannt und gespannt zugleich. Ich bin neugierig, was Sie mir noch alles von Wien zeigen werden. Ich will Sie besser kennenlernen. Ja, das will ich. Nur das."

Ich spürte, wie mir die Knie weich wurden. Er fand mich schön? Er fühlte sich zu mir hingezogen? Dann waren wir schon zwei, denn ich fühlte mich ebenso zu ihm hingezogen. Er war magisch, war ein Magnet. In seiner Gegenwart konnte ich mich selbst spüren und auch jene Teile, die in einer dicken Eisschicht unter der Oberfläche erfroren waren. Irgendwann, als mich Menschen lieben sollten und es nicht getan hatten. Da war ich unter einen Eisberg gegangen.

Der Kellner kam an unseren Tisch und servierte unsere Getränke.

„Was zur Hölle ist das?", stieß Jan beim Anblick des Kaffees aus.

„Das, gnädiger Herr, ist eine Maria Theresia", sagte der Ober.

„Was soll denn das bunte Zeug auf dem Sahnehäubchen sein? Ist das etwa ein Kindergetränk?"

„Das ist alles andere als ein Kindergetränk", erwiderte ich. „Probieren Sie es doch mal, bevor Sie hier rummosern."

Der Deutsche warf einen skeptischen Blick auf das Glas und tauchte den langen Löffel ein.

„Darf man diese Schichten denn mischen?", fragte er ratlos.

„Das würde ich Ihnen sogar empfehlen. Los, mischen Sie das mal durch oder sind Sie auf einmal vorsichtig geworden?"

Er rührte um, nahm einen Schluck und verzog angewidert das Gesicht. „Ist da Alkohol mit drin? Im Kaffee?", fragte er fassungslos.

Ich nickte. „Das ist ein kleiner mit Wasser gestreckter Mokka mit Organgenlikör und Weinbrand und Unmengen an Rohrzucker. Serviert wird er mit einer Schlagobershaube und buntem Zuckerstreusel."

„Schlagobershaube?", wiederholte er.

„Das ist Sahne", erklärte ich ihm. „Was ist los mit Ihnen? Sind Sie etwa *Lost in Translation*?"

Er lachte leise. „Nicht ganz, Frau Sommer. Ich weiß, dass die Österreicher zu Sahne Obers sagen. Und ich denke, ich weiß auch, was eine Haube ist."

Er sagte *Haube* so lustig, dass ich lachen musste.

„Wir sollten dringend an Ihrem Vokabular und an Ihrer Aussprache feilen, wenn sie noch länger in Wien bleiben wollen. Sie müssen wissen, die Deutschen sind nicht sehr beliebt in Österreich. Das könnte Ihnen einige Nachteile bescheren.

„Keine der Österreicherinnen hat sich je über meine Nationalität mokiert", meinte er stolz, während er seinen Löffel so lasziv ableckte, dass ich nur noch auf seine Lippen starren konnte. „Im Gegenteil, ein Mal in Kontakt mit einem deutschen Deckhengst und vor allem unter ihm gekommen und sie können nie wieder zu ihren österreichischen Männern zurückkehren. Ich habe sie alle für ihre Ehemänner versaut."

Ich ließ abfällig die Luft zwischen meinen Lippen entweichen. Deckhengst? Mein Gott, wann genau hatte der Deutsche vergessen, dass er eigentlich ein Mensch war? Seine Arroganz war wie eine Welle, die sich immer wieder in unsere Gespräche schwemmte und sie mit Trivialität durchtränkte.

Warum versteckte er sich eigentlich hinter seinem übersteigerten Ego und seinem Gerede über Sex? Wo war der echte Jan? Der tiefsinnige Jan? Der Jan, der einmal *Krieg und Frieden* gelesen hatte und anarchisch eine Welt hatte verändern wollen? Wo war der Jan, der poetisch war und der dichten konnte und in dessen Augen sich Träume zeigten, ohne diesen Funken seiner bedeutungslosen Gier?

„Wie Sie sich als begattender Springbock animalischen Ausmaßes präsentieren, stößt mich ehrlich gesagt ein wenig ab", sagte ich zu ihm. „Bescheidenheit ist eine Tugend, Herr König. Eine, die grenzenlose Bewunderung vom anderen Geschlecht erfährt. Hat Ihnen Ihre Mutter das nicht beigebracht?"

„Nein, hat sie nicht", erwiderte er flapsig. „Von meiner Mutter habe ich lediglich gelernt, dass die Angst größer ist als die Liebe."

„Das ist sie nicht", sprudelte es aus mir heraus. „Die Liebe ist die stärkste Kraft."

„Da muss ich Ihnen leider widersprechen", meinte er mit schräg gelegtem Kopf. „Die Angst ist stärker. Und Sie wissen das, Frau Sommer, weil Sie nach diesem Grundsatz leben. Fragen Sie doch mal Alice, wenn Sie sie morgen beim Hutmacher treffen. Sie kann Ihnen bestimmt erklären, warum es besser ist, aus Angst vor der Wirklichkeit im Wunderland zu bleiben. Aber halt, nein, da fällt mir ein. Alice ist ja aufgewacht. Im Gegensatz zu Ihnen."

„Das ist gemein", hauchte ich und krampfte meine Hände um die dampfende Teetasse. „Sie verwenden intime Details, die ich Ihnen über mich anvertraut habe, um Ihre Theorien zu untermauern."

„Tue ich das?" Er zog beide Augenbrauen hoch.

„Ja, das tun Sie."

„Was sagt denn eigentlich Ihr Mann zu Ihrer spröden Verschlossenheit?", fragte er und eine leichte Schärfe schlich sich in seine Tonlage. Ich grinste heimlich in mich hinein. Hatte ich den deutschen Deckhengst etwa von seinem hohen Ross gestoßen, weil er nun zum Gegenschlag ausholte oder was war los mit ihm? „Warum hat Ihr Mann es nie geschafft,

Alice aus dem Wunderland zu holen? Haben Sie sich diese Frage schon einmal gestellt? Haben Sie sich mal überlegt, dass es dazu vielleicht einen starken, selbstbewussten Mann bräuchte und nicht einen, der bescheiden und tugendhaft ist und seine Nase in Schlagoberergüsse mit buntem Zuckerstreusel steckt, anstatt zwischen ihre Schenkel?"

Ich senkte die Tasse, die ich eben an meinen Mund hatte führen wollen, wieder auf den Tisch hinab.

„Wie kommen Sie darauf, dass ich verheiratet bin?", fragte ich spitz.

„Sind Sie denn nicht verheiratet?"

„Nein. Um ehrlich zu sein, ich bin seit vielen Jahren überzeugter Single."

Jans Gesichtszüge entgleisten für einen winzigen Augenblick. Ein schattengleiches Angststürmen türmte sich in seinen Pupillen wie Gewitterwolken auf und verschwand kurz darauf wieder hinter einem Schleier, der so dick war wie die Brokatvorhänge, die sich hinter seinem Rücken bauschten.

„Wer hat Ihnen erzählt, dass ich verheiratet bin? War es Frau Schaller?", bohrte ich nach.

Jan zögerte. Er war viel zu korrekt, um seinen Informanten preiszugeben. Zum ersten Mal seit ich ihn kannte wich er meinem Blick aus und starrte aus dem Fenster. Draußen tobte ein Schneesturm, so heftig und roh, dass ich froh war, dass wir hier im Warmen saßen. Durch die alten, beschlagenen Fensterscheiben drückte sich der Wind. Ich sah den Luftzug in der Kerze flackern, die in unserer Mitte stand, umgeben von einem weihnachtlichen Deko-Kranz. Jan antwortete nicht, was ich sehr ungewöhnlich fand.

„Sie müssen nichts sagen", durchbrach ich die Stille zwischen uns, die nach einer Minute etwas Unheilvolles hatte. „Ich weiß doch, dass es Frau Schaller war, die Ihnen meinen augenscheinlichen Beziehungsstatus gesteckt hat. Ich habe ihr vor vielen Jahren erzählt, dass ich mit einem Steuerberater verheiratet bin, und das habe ich gemacht, um mich vor ihren gnadenlosen Verkupplungsversuchen zu schützen. Ich lüge wirklich nicht gerne, das müssen Sie mir glauben, aber in diesem Fall war es besser so. Die Männer machen seither einen großen Bogen um mich und auch sonst erlebe ich mein Arbeitsumfeld als angenehm komplikationslos. Ich arbeite, um zu schreiben und nicht um von Männern angebaggert zu werden. Mein einziger Mitbewohner ist ein fetter Kater namens Raphael, der gerne zu meinen Füßen liegt, wenn ich lese."

„Entschuldigen Sie mich für einen Augenblick?", unterbrach er mich und blickte suchend über die Schulter zurück.

„Äh … ja klar. Die Toiletten sind da drüben. An den Billardtischen vorbei und dann links."

„Danke."

Er erhob sich und durchquerte zügig das Café.
Es überraschte mich nicht, dass er sich in dem meterhohen Spiegel betrachtete, auf den er zustolzierte wie ein Model auf dem Laufsteg. Mein Herz klopfte wie verrückt und meine Kehle wurde eng.
Die Selbstzweifel fielen über mich her und bombar-

dierten mich in derselben Sekunde mit harten Vorwürfen. Was hatte ich zu ihm gesagt, um diese eigenartige Reaktion hervorzurufen? Warum hatte ihn die Information, dass ich Single war, so aus der Bahn geworfen? Hatte ich sein Interesse verloren, ohne es je gefunden zu haben? Bestimmt war es so.
Diese Erkenntnis tat weh.
Warum das so wehtat, konnte ich mir nicht erklären. Fakt war, dass da plötzlich Schmerz war ... beim Denken an Jan in dieser Nacht und beim Denken an eine Nacht ohne Jan.

EINSERLINIE

JAN

Ich wusch meine Hände und starrte in den mit Lackstift beschmierten Spiegel, auf den jemand in dicken Lettern *Geh scheißen* geschrieben hatte.
Tja, dass die Wiener alles andere als gastfreundlich waren, das war mir schon aufgefallen.
Die Information, dass Mia Sommer in Wahrheit Single und nicht mit einem schnöden Steuerberater verheiratet war, zerrte an meiner eben noch guten Stimmung und holte mich auf den Boden der Realität zurück. Aber warum? Warum lastete plötzlich so ein Druck auf meiner Brust? Warum waren da diese Gewichte, die mich niederdrückten? War das die altbekannte Angst, die ich aus meiner Kindheit kannte? Oder war es etwas anderes? Verlor ich etwa das Interesse an Mia Sommer, nur weil in ihrem Leben kein Ehemann existierte, der als Bindeglied dafür sorgte, dass die Verbindlichkeiten ausblieben?
Mein Gesicht warf sich müde und leer aus dem schmutzigen Spiegel auf mich zurück.
Ich hatte jegliche Lust verloren, den Abend mit Mia Sommer zu verbringen. Was stimmte nicht mit mir? Wann war mir die Sehnsucht nach einer tiefgehenden Beziehung abhandengekommen? Schon mit Eva? Oder erst später? Mit einer anderen Frau?
Mia war toll. Sie war witzig und frech und verschroben und voller Vorurteile. Sie war heiß und sinnlich.

Und unfassbar schön. Und ich begehrte sie so sehr, dass die Erektion in meiner Hose ungeduldig zuckte. Und nicht nur sie zuckte, auch meine Hände wollten Mia Sommer erobern. Zu gern wollte ich dieser süßen, vorlauten Wienerin zeigen, wer der Herr war und ihren nie stillstehenden Mund mit meinem Schwanz stopfen. Das war etwas, woran ich schon den ganzen Abend dachte. Wie es wohl sein würde, Mias nachgiebige Seite hervorzulocken? Würde sie sich in meinen Armen fallen lassen können? Würde ich ihre Barrieren einreißen und sie dazu bringen können, sich mir zu öffnen? Würde sie es genießen können, wenn ich über sie herfiel? Und warum, und das war das, was mich am meisten beschäftigte, warum wollte ich Mia nicht nur unterwerfen, sondern vor allem verwöhnen, mit meinen Händen, meiner Zunge, sie küssen? Ihr zeigen, dass sie keine Angst vor der Realität haben musste. Ihr alle Angst nehmen.
Ich wollte dieser Frau beweisen, dass es die Liebe gab. Dass wir Männer dazu geboren waren, die Liebe auf diese Erde zu bringen. Es war ein Geheimnis, das die Welt längst vergessen hatte. Die Frauen brachten das Leben in die Welt, aber wir Männer, wir brachten die Liebe. Die Liebe.
Sie war überall, man musste sie nur sehen.
Nur fühlen. Nur sehen.
Die Liebe. Es gab sie.
Und sie war nicht im Wunderland.
Ich wollte dieser selbstkritischen Schreiberin so gerne demonstrieren, wovon die Frauen profitierten, wenn

sie sich mit mir einließen. Dass ich sie nicht geringschätzte, sondern bewunderte, dass es für sie fantastisch war, wenn ein ECHTER Mann sich ihrer annahm. Ein Mann, der in sich ruhte und der zu dem stand, was er am allerliebsten tat und am allerbesten konnte. Vögeln.

All das hatte ich Mia Sommer bis vor wenigen Minuten beweisen wollen, aber jetzt, wo ich wusste, dass sie schon seit so vielen Jahren allein lebte, jetzt wollte ich mich dieser Herausforderung nicht stellen. Warum? Ich mochte Mia. Ich mochte sie sehr. Und ich wollte sie auf eine evolutionäre Art und Weise in den Arm nehmen und beschützen und ihr jenen Teil an Liebe geben, den ich großzügig mit mir herumtrug, um ihn zu verschenken. Und ich wollte vor allem eines verhindern: dass Sie noch mehr zerstört wurde. Denn dass sie zerstört worden war, das konnte ich sehen. Mia verriet es mit jedem Wort, das zwischen den Zeilen ihrer Texte mitschwang. Jemand hatte ihr wehgetan. Unglaublich weh. Dazu musste man kein Hellseher sein, um das zu erkennen.

Ich verließ die Toilette und ging grübelnd durch das Café. Mia Sommer war eine Bedrohung für meine bindungslose Sorglosigkeit geworden. Ich stand so kurz davor, abzutauchen, in ihren Tiefen zu versinken. Und dann? Was war dann? Ich würde mich nicht mehr retten können. Einmal gefangen in dieser Strömung und ich würde ertrinken. Wer wüsste sich schon zu retten? Aus diesem Mehr. Und aus Augen, die ihre Farbe wechselten wie das Meer.

Als ich an unseren Platz zurückkam, verstaute Mia gerade das Portemonnaie in ihrer Handtasche.

„Ich habe schon bezahlt", sagte sie. „Die Maria Theresia habe ich Ihnen eingebrockt, also lade ich Sie darauf ein."

„Danke", erwiderte ich. „Sie verzeihen mir hoffentlich, wenn ich diese schreckliche Plörre nicht austrinke. Die Kombination aus Alkohol und Kaffee, die ist mir schlichtweg unerträglich."

„Ich verzeihe Ihnen alles", sagte sie leise und erhob sich.

„Sie wollen schon gehen?", fragte ich irritiert. Sie nickte. „Aber draußen wütet der Schnee wie verrückt. Wir sollten vielleicht noch warten, bis das Wetter ruhiger wird."

„Ich muss nach Hause," sagte sie bestimmt.

„Warum? Müssen Sie Ihren fetten Kater füttern?"

„Er verhungert, wenn er nicht alle sieben Stunden zu fressen kriegt", erwiderte sie schlagfertig.

„Na gut, dann gehen wir eben", murmelte ich mürrisch.

Irgendwie war es mir nicht recht, dass sie gehen wollte. Und das, obwohl ich eigentlich selbst hatte gehen wollen. Die Stimmung zwischen uns stimmte nicht mehr. Ich ärgerte mich über Mias distanzierte Art. Aber was sollte man da schon machen? Gegen so einen hartnäckigen Eisschrank kam nicht einmal ich an. Auch gut. Dann würde es eben keine Bettgeschichte mit Frau Sommer, der Dame aus der Kommunikationsabteilung, geben. War vielleicht besser so.

Am Ende hätte mir diese komplizierte Gefühlsfrau sowieso nur Probleme bereitet.

Ich würde sie jetzt zur U-Bahn begleiten und dann wieder bei der Weihnachtsfeier auftauchen. Viel Zeit war ja seit meinem Abgang nicht vergangen und vielleicht konnte ich mir noch die eine oder andere Kollegin vorknöpfen, deren Höschen schon feucht wurde, wenn ich nur in ihre Nähe kam.

Das hier, dieses Wunderland der Bücher, das war mir viel zu anstrengend. Ich war kein Karnickel mit einer Uhr und auch keine Grinsekatze, die sich Gedanken um skurrile Welten machen wollte.

Ich war einfach nur ein Mann, der sich heute Abend aufs Ficken gefreut hatte.

Ich holte unsere Mäntel von der Garderobe und warf meinen auf die Sitzbank, um Mia in ihren zu helfen. Als ich mich ihrem langen Haar näherte, fing ich für einen Moment den Hauch ihres Geruches ein. Verdammt, sie roch wunderbar. Lieblich und zart. Verführerisch. Ich war verloren.

Ohne es kontrollieren zu können, versenkte ich meine Nase in ihrem Haar und legte einen Arm um ihre Taille. Ich zog sie dicht an meinen Körper heran.

„Bitte, Mia, gehen Sie nicht nach Hause", raunte ich an ihrem Nacken. „Zeigen Sie mir noch etwas von Wien und etwas von sich. Ich habe noch nicht genug von Wien und von Mia Sommer auch nicht. Zeigen Sie mir mehr."

Sie erstarrte zu Stein. Das fühlten meine Hände. Sie hatte Angst vor Berührungen, ja, es war die nackte

Panik, die mich ansprang. Hastig befreite sie sich aus meinem Griff und wirbelte zu mir herum.

Ihre Lippen öffneten sich. Sie rang nach Worten.

In diesem Moment wollte ich sie an meine Brust reißen und sie so ungestüm küssen, bis wir unseren Atem verloren. Ich konnte kaum noch dagegen ankämpfen. Vielleicht sollte ich es einfach wagen. Ihre Lippen mit meiner Zunge spalten. Sie küssen. Sie würde zerfließen und ich würde alles vergessen.

„Wir gehen", krächzte sie und drängte an mir vorbei. Bis ich meinen Mantel übergestreift hatte, war sie schon aus dem Café gestürmt. Ich murmelte dem Kellner einen höflichen Gruß zu und folgte ihr in das Schneetreiben hinaus. Mia wartete vor dem Café, gefangen im Schnee. Sie hielt ihre Kapuze vor dem Gesicht zusammen.

„In welchem Hotel wohnen Sie?", rief sie mir zu.

„The Ring", antwortete ich.

„Wow, die Firma lässt sich Ihren Aufenthalt in Wien aber ganz schön was kosten."

„Ich bin jeden Cent wert", erwiderte ich bissig. „Immerhin zeige ich den chaotischen Österreichern, wo's langgeht und helfe ihnen beim Sprung ins digitale Zeitalter, das zu beschreiten sie vor vielen Jahren verabsäumt haben."

Mia rollte mit den Augen. „Entschuldigung, ich hatte für einen Moment vergessen, was Sie von sich halten", ätzte sie.

„Zumindest halte ich mehr von mir als Sie von mir. Womit habe ich eigentlich Ihren Unmut verdient?"

„Reiner Selbstschutz", antwortete sie, während wir die Straße entlanggingen.

Als wir nach zehn Minuten die Ringstraße erreicht hatten, sprach sie wieder mit mir. Bis dahin waren wir im Eiltempo nebeneinander hergegangen.

Schweigend.

Wie Mia mit diesen männlichen Moonboots so schnell laufen konnte, war mir sowieso ein Rätsel. Alles an ihr war ständig in Bewegung, so wendig und flink und irgendwie nervös machend.

„Ich habe eine Idee", sagte sie, als wir uns an einer Haltestelle unterstellten, um uns vor dem dichten Schneetreiben zu schützen. „Wir fahren mit der Einserlinie weiter."

„Ist das die Straßenbahn?"

„Ja, die Bim. Es gibt die Einserlinie und die Zweierlinie, die sich für Sightseeing eignen. Wenn ich Ihnen die schönsten Sehenswürdigkeiten von Wien zeigen soll, dann geht das am besten mit der Einserlinie. Die hat als Endstation sogar die Prater Hauptallee. Wir fahren bis zum Prater und bleiben dann im Waggon sitzen und fahren wieder zurück, so haben wir es warm und müssen nicht laufen und Sie können an Ihrem Hotel am Kärntner Ring aussteigen, wenn wir wieder zurückfahren. Der Einser hält genau davor. Was halten Sie davon?"

„Klingt gut, so machen wir es", murrte ich.

„Ich habe sogar noch eine Karte für sie zum Zwicken. Ich benutze ja meine Monatskarte, aber für Notfälle habe ich immer ein Reserve-Ticket dabei."

Sie kramte in ihrer Handtasche und hielt mir dann mit einem Lächeln ein Ticket unter die Nase.

„Das müssen Sie in der Bim abstempeln."

„Ich denke, das kriege ich hin. Auch, wenn Sie an meiner Intelligenz zweifeln."

Sie zog die Stirn kraus. „Sie sind beleidigt. Womit habe ich Sie gekränkt?"

„Sie haben mich nicht gekränkt."

„Aber Sie sind … ich weiß auch nicht, ich spüre es, wissen Sie, ich bin wahnsinnig intuitiv … Sie haben eine Art Mauer zwischen uns errichtet. Es wäre Ihnen lieber gewesen, wenn ich verheiratet gewesen wäre, nicht wahr? Das hat sie regelrecht geschockt, dass ich seit Jahren Single bin, oder? Seither sind Sie so eigenartig. Haben Sie Angst vor alleinstehenden Frauen? Die sind bestimmt anhänglicher und komplizierter als die Verheirateten. Ist es das?"

Ich erwiderte nichts darauf.

Was hätte ich auch sagen sollen?

Ja, Mia, es ist mir lieber, wenn die Frauen, mit denen ich ausgehe, verheiratet sind. Ich fühle mich dann in Sicherheit und agiere mit einer Leichtigkeit, die ich an mir mag. Ich bin den ganzen Querelen, die eine ernst zu nehmende Beziehung mit sich bringt, im Laufe der Jahre müde geworden. Ja, es ist das Alter und dass ich so genau weiß, was ich will und was ich nicht will. Und dann ist da noch das Quäntchen Resignation, das aus mir spricht. Nicht zu vergessen, die Hoffnungslosigkeit, die mich fest in ihrem Klammergriff hält. Keine Frau ist mir in den letzten Jahren unter die Haut gegangen. Aber plötzlich taucht eine aus dem tiefen emotionalen Meer auf, eine Frau, die im Wunderland lebt und mit Worten spielt und von der ich gemocht werden will. Um meiner selbst willen und nicht, weil ich sie durchvögeln kann, bis sie kommt.

„Die Straßenbahn ist da", sagte ich trocken, um Mia von mir abzulenken. „Zumindest nehme ich an, dass wir in diese einsteigen. Sie hat eine Eins vorne drauf."

Mias Kopf schnellte herum. „Das ist richtig. Das ist unsere. Los, kommen Sie."

Sobald die Straßenbahn angehalten hatte, kletterten wir über die ausgefahrene Treppe in die Garnitur hinein und schlüpften auf zwei freie Plätze, die direkt vor unserer Nase waren. Mia saß am Fenster und ich setzte mich direkt neben sie.

„Sie müssen Ihr Ticket entwerten", instruierte sie mich, also erhob ich mich noch mal, um zum Automaten zu drängen. Ich hatte mich kaum wieder gesetzt, als sich die Straßenbahn ruckelnd in Bewegung setzte.

„Das ist aber ein altes Modell", meinte ich mit einem skeptischen Rundumblick durch die in Jahre gekommene Garnitur. „Die hat ja fast schon Oldtimer-Status. In Frankfurt sind die Straßenbahnen um einiges moderner. Aber Frankfurt ist ja auch eine moderne Stadt, im Gegensatz zu Wien."

„Sie kommen aus Frankfurt?", fragte sie hellhörig. „Das wollte ich Sie schon den ganzen Abend fragen, aus welcher Ecke in Deutschland Sie stammen. Sie reden so gestochen scharfes Deutsch."

„Waren Sie schon einmal in Frankfurt?", fragte ich.

„Einmal zur Buchmesse und einmal als Studentin.

Da habe ich mich als Volontärin bei einem Reiseführerverlag beworben. Leider bin ich durch die komplizierte Volontariatsprüfung gefallen und musste ohne diesen Job wieder nach Wien abreisen. Das hat mich so deprimiert, dass ich meine Pläne, nach Deutschland auszuwandern, für immer ad acta gelegt habe und nach Frankfurt bin ich auch nie wieder gefahren. Schon allein aus Prinzip nicht mehr. Nach meiner negativen Erfahrung mit diesem alten Verlegerpärchen habe ich die Stadt aus meinem Gedächtnis gelöscht."

„Ist das nicht ein bisschen radikal?", fragte ich kopfschüttelnd. „Einer Stadt den Garaus zu machen, nur weil zwei ihrer Bewohner nicht entgegenkommend genug waren?"

Aus dem Lautsprecher schnarrte eine Stimme, die die nächste Station ankündigte.

Dr. Karl-Renner-Ring

Rund um uns quietschten und knarrten die Scharniere. Man hatte das Gefühl, als würde der alte Waggon jeden Moment auseinanderbrechen. Mia versteckte ihre Faust unter dem Ärmel ihres Mantels und wischte über das beschlagene Fenster, damit sie freie Sicht nach draußen hatte. In der Straßenbahn war es alles andere als warm. Die Heizung war offensichtlich ebenso in die Jahre gekommen, wie das rumpelnde Gefährt.

„Sie haben meine Frage nicht beantwortet", sagte Mia und warf mir einen Seitenblick zu. „Was haben Sie denn gegen Single-Frauen?"

„Ich habe Ihre Frage bewusst ignoriert", gab ich offen zu. „Über dieses Thema muss ich in einem ruhigen Moment nachdenken. Sie haben mich da auf etwas gebracht, das ich mir erst ansehen muss. In der Antwort steckt eine Wahrheit über mich, die ich bisher negiert habe. Ich möchte erst darüber sprechen, wenn ich mir im Klaren bin, was die Erkenntnisse aus dem Finden der Antwort für mich und mein Vorankommen bedeuten."

„Sie sind sehr selbstreflektiert. Das gefällt mir", sagte sie mit einem zustimmenden Nicken.

„Das kommt mit dem Alter."

„Hm", brummte sie.

„Irgendwann hört man auf, die Schuld bei anderen zu suchen und beginnt damit, sich seiner eigenen Verantwortung für das eigene Leben bewusst zu werden. Ab da geht es aufwärts."

„Sie wirken so aufgeräumt", sagte sie. „Wie kommt das?"

„Ich habe in den letzten Jahren viel im Bereich Persönlichkeitsentwicklung gemacht, habe viel über mich herausgefunden, mich weiterentwickelt und ständig an mir gearbeitet. Die heutige Nacht zeigt mir allerdings wieder eiskalt auf, dass die Themen niemals enden und dass wir den richtigen Menschen begegnen müssen und zwar genau dann, wenn es Zeit ist, auch den offenen Themen in uns selbst zu begegnen. Wir treffen zur richtigen Zeit genau jene Menschen, die uns zeigen können, dass da noch etwas in uns vergraben ist, das darauf wartet, gefunden und aufgelöst zu werden. Die Arbeit am eigenen Selbst hört nie auf."

Die Straßenbahn legte sich quietschend in eine Kurve und ich rutschte ungewollt gegen Mia Sommers Schulter. Wie gerne hätte ich den Arm um sie gelegt, aber ich hielt mich galant zurück. Sie hatte ja auf meine letzte Tuchfühlung nicht gerade mit Begeisterung reagiert, also wollte ich ihr den Raum geben, den sie brauchte, um sich wohlzufühlen.

„Klingt toll, was Sie sagen", flüsterte sie. „Linker Hand sehen Sie übrigens das Parlament."

Ich neigte mich vor, um aus dem Fenster zu gucken.

„Schauplatz einer Farce", sagte ich trocken.

„Ich werde Ihnen da sicher nicht widersprechen. Wir Österreicher genieren uns schon sehr für unsere Politik und für den Fußball auch, nur so nebenbei."

„Sehen Sie, das würde einem Deutschen niemals einfallen. Sich für etwas zu schämen, das sein Land ausmacht."

„Nun, genau da liegt der Unterschied. Der österreichische Nationalstolz ist nicht sehr ausgeprägt."

Ich tätschelte ihre Hand.

„Wird schon werden, Frau Sommer", neckte ich sie. „Irgendwann wird euch Österreichern auch ein Licht aufgehen und ihr werdet aufhören, so verpeilt durch die Gegend zu laufen."

Sie entzog mir ihre Hand sehr energisch, schmunzelte aber dabei.

„Sie sind so hochmütig, Herr König", rügte sie mich. „Sehen Sie lieber aus dem Fenster und wappnen Sie sich für den Anblick des kitschigsten Weihnachtsmarktes, den Sie je gesehen haben."

Die Straßenbahn rumpelte die Straße entlang und beschleunigte radikal, nur um an der nächsten Station mit einer Vollbremsung anzuhalten. Mia und ich warf es auf unseren Sitzen vor und zurück. Als effizient und fahrgästeorientiert konnte die Fahrweise der Wiener Straßenbahnfahrer nun wirklich nicht bezeichnet werden.

Rathausplatz/Burgtheater

„Linker Hand sehen Sie das Wiener Rathaus samt Christkindlmarkt, rechter Hand das Burgtheater", erklärte Mia. „Und das da drüben ist das berühmte *Café Landtmann*. Für mich eines der elegantesten Kaffeehäuser Wiens. Ich war früher regelmäßig im *Landtmann*. Mein damaliger Partner hatte ein Engagement am Burgtheater und das *Landtmann* war wie unser zweites Zuhause. Wir waren fast jeden Abend da und haben zusammen Würstel gegessen."

Ich starrte neugierig aus dem Fenster und musterte die mächtigen Bäume vor dem Wiener Rathaus, in denen beleuchtete Zuckerstangen und Geschenkpakete in Übergröße baumelten.

Alles glitzerte und blinkte und leuchtete und glänzte. Und dazu flockte und lockte der Schnee, der nun nicht mehr so dicht vom Himmel fiel, sondern leiser und ruhiger geworden war.

„Sie haben recht", murmelte ich. „Ich habe noch nie etwas Kitschigeres gesehen. Gott sei Dank haben Sie mir diesen Weihnachtsmarkt vorenthalten und sich für den kommerziellen Geheimtipp Spittelberg entschieden. Wer weiß, was sonst mit mir geschehen wäre. Unter diesem epileptischen Lichterwahn."

„Als ich noch jünger war, habe ich immer davon geträumt, dass mich jemand unter diesem Herzerlbaum küsst", erzählte Mia und zeigte auf einen großen Baum, in dessen Astwerk hunderte rote Herzen in Übergröße leuchteten. „Ich wollte schon immer mal unter diesem Baum stehen, mit einem tollen Mann an meiner Seite, in einer innigen Umarmung, und nach oben blicken in dieses Herzerlmeer. Das habe ich mir in meinen Träumen so romantisch ausgemalt, das Stehen unter dem Rotlicht, vielleicht ein bisserl Schnee auf den Ästen. Und während ich nach oben blicke und an gar nichts denke, sondern nur glücklich bin, sagt mein Begleiter: Mia! Und ich löse erstaunt meinen Blick von den vielen Herzerln und dann sagt er: Ich muss dich jetzt küssen, Mia, einfach nur küssen, weil es ist kurz vor Weihnachten und wir stehen unter dem Wiener Herzerlbaum und was soll einem Mann da schon anderes einfallen, als dich küssen zu wollen. Und vielleicht sagt er auch etwas anderes zu mir. In poetischen Worten, vielleicht rezitiert er ein Gedicht. Davon träumen übrigens alle Wienerinnen, also die, die noch nicht von der Desillusion heimgesucht worden sind. Sie träumen von einem langen Kuss unter dem Herzerlbaum auf dem Wiener Christkindlmarkt."

Ich grinste. „Soso, der HerzerLbaum. Allein schon, wie Sie dieses L artikulieren. Ich schaffe das niemals, meine Zunge so zu verschlucken. Sagen Sie es noch mal, Frau Sommer. Ich muss es noch mal hören und dann versuche ich, es Ihnen nachzusprechen. HerzerL."

„Verarschen Sie mich nicht", maulte sie und boxte mir in den Bauch.

Ich lachte laut auf. „Bitte, sagen Sie noch einmal HerzerLbaum für mich, bitte. Nur einmal."

Sie verschränkte die Arme vor der Brust. „Sicher nicht. Ich mach mich doch hier nicht zum Affen, damit Sie was zu lachen haben. Setzen Sie es einfach auf Ihre Liste, warum wir Österreicherinnen so verpeilt sind."

„Sie sind so anziehend, wenn Sie so tun, als ob Sie brüskiert wären, Frau Sommer. Und dabei ahnen Sie nicht, wie sehr mich Ihre gespielte Abwehr anmacht. Warum hat Ihr Burgtheaterfreund Sie denn niemals unter dem HerzerLbaum geküsst? Er hatte es ja nicht weit, sondern musste nur über die Straße gehen. Oder hat er es nicht weiter als bis ins *Café Landtmann* auf ein paar Würstchen geschafft? Oder hatte er etwa ein Problem mit dem eigenen Würstchen?"

Mia schüttelte den Kopf. „Würstel", murmelte sie. „Ist das eigentlich eine Manie, dass Sie immer auf Ihr Würstel zu sprechen kommen? Aber gut, egal, Sie haben mir eine Frage gestellt. Meine Beziehung zu Herrn Burgtheater hielt nur einen Frühling und einen Sommer lang an und als der Herzerlbaum wieder aufgebaut wurde, da hatte Herr Burgtheater eine neue Freundin und mein Herzerl war gebrochen und ich glaube, in diesem Winter habe ich auch aufgehört, von einem Kuss unter dem Herzerlbaum zu träumen. Zufrieden?"

„Das ist aber schade", sagte ich. „Ich wünsche Herrn Burgtheater, dass er an seinem WürsterL erstickt oder vielleicht erschlägt ihn ja auch ein HerzerL, das vom Baum fällt."

Mia sah mich misstrauisch an. Sie nahm mir meine ehrliche Anteilnahme nicht ab. Ganz groß wurden ihre Augen, als sie mich prüfend musterte.
Die Straßenbahn fuhr weiter und ich sah, wie sich in Mias sehnsüchtigen Pupillen die roten Herzen des Baumes spiegelten und dann waren sie verschwunden und zurück blieb das Meer.

Und wieder tauchte ich in Mia Sommers Tiefe ein. Ich sank langsam auf den Grund und entdeckte hinter einem Riff aus Stein eine traurige Herzkönigin, die von Herzerlbäumen träumte, unter denen niemand sie jemals geküsst hatte und ich fragte mich plötzlich, ob ich jemals eine so tiefgründige Frau wie Mia Sommer geküsst hatte, in deren Meeresaugen rote Herzen glänzten und die im Wunderland lebte, in denen die Liebe noch auf Bäumen hing und man nur zugreifen musste, um sie zu pflücken.
Mia wischte über das Glas der Scheibe, an deren Ende sich das Kondenswasser sammelte.

„Linker Hand sehen Sie die Universität", sagte sie ganz nüchtern, ohne den Hauch von Schwäche in ihrer Stimme. „Ein Ort, der mich sehr geprägt hat. Ich habe diese ehrwürdigen Räumlichkeiten geliebt ohne Ende. Es war eine sehr einsame, aber auch eine wundervolle Zeit an der Uni. Nein, ich habe es geliebt, mein Studium. Es war so sehr meins."

„Sie haben einen Hochschulabschluss?", fragte ich beeindruckt.

„Ja, in Germanistik. Und in Publizistik und Kommunikationswissenschaften. In Österreich hatte man es früher leichter mit einem Magister-Titel. Da war man noch wer. Das hat sich in der Zwischenzeit geändert. Mittlerweile trägt jeder zweite den Titel irgendeiner Fachhochschule. Und von Magister redet keiner mehr. Die sind jetzt alle Bachelor, nur ohne Rosen."

„Und das schmeckt Ihnen wohl nicht."

„Mir ist das gleichgültig", erwiderte sie. „Ich weiß, was ich während meiner Zeit auf der geisteswissenschaftlichen Fakultät geleistet habe. Ich musste mir alles selbst erarbeiten, mir hat keiner geholfen. Selbstständigkeit und Organisationstalent waren gefragt. Heutzutage ist ein Studium ja kein richtiges Erarbeiten mehr, sondern ein angepasstes Schulsystem, ohne die Individualität des Einzelnen zu fördern."

„Was ich persönlich gut finde", warf ich ein. „Ich halte das Denken in Schichten beziehungsweise Klassen für absurd. Jeder hat das Recht auf eine exzellente Bildung. Aber gut, das ist meine Meinung. Ich nehme an, dass Sie das Studium mit Auszeichnung bestanden haben, vielleicht sogar in Mindestzeit absolviert haben, stimmt's, Frau Kommunikationswissenschaft?"

Sie lächelte geschmeichelt. „Nicht ganz, Herr König, aber ich war nicht schlecht."

Bestimmt eine Untertreibung, dachte ich. *Aber wie sie sich selbst klein macht, das steht ihr irgendwie, weil sie insgeheim an ihre Größe glaubt. Wahrscheinlich lebt sie nur ihr Credo, dass Bescheidenheit eine Tugend ist.*

Die Straßenbahn ruckelte weiter.

Nächster Halt: Börse.

„Wollen Sie eine Runde mit dem Riesenrad fahren?", fragte Mia.

„Sie meinen im Prater?"

„Ja, waren Sie denn schon mal im Prater?"

„Nur zum Laufen."

„Ach, Sie laufen?", fragte Mia interessiert.

„Sporadisch. Joggen ist nicht gerade meine Lieblingsdisziplin."

„Warum sind Sie dann im Prater gelaufen?"

Für einen kurzen Moment zögerte ich, ihr die Wahrheit zu erzählen, aber dann siegte meine Lust, sie herauszufordern.

„Ich hatte eine Wette gegen die Damen aus der Marketingabteilung verloren und musste zu einem Lauf antreten. Ziel war es, das Wiener Lusthaus unter einer halben Stunde zu erreichen. Sie kennen doch Frau Susanne Rieder, die Leiterin der Marketingabteilung? Dieser Lauf war ihre Idee. Eine ambitionierte Frau, das muss ich sagen. Sie hat mich bei diesem Wettlauf geschlagen. Aber es war sehr knapp."

„Natürlich kenne ich Susanne", erwiderte Mia schnippisch. „Wieso sollte ich Sie auch nicht kennen. Wir arbeiten seit zehn Jahren zusammen. Und was geschah nach dem Lauf?"

„Nun, Frau Susanne Rieder, sie wohnt ja in der

Nähe des Praters, hat uns nach dieser Tortur – es hatte undankbare dreißig Grad im Schatten – zu sich auf die Dachterrasse eingeladen. Es wurde ein wirklich netter Abend. Gutes Essen, herrlicher Blick über Wien, eine laue Sommernacht. Ich und drei Frauen. Alle frisch geduscht und vollgepumpt mit Endorphinen."

Mia schnaubte verächtlich durch die Nase. „Können Sie eigentlich ohne Ihre hedonistischen Anspielungen kommunizieren? Was soll denn dieser bedeutungsschwere Unterton? Was wollen Sie mir denn unter die Nase reiben? Haben Sie etwa alle drei Frauen gleichzeitig … wie war noch Ihr Wort dafür … gepoppt?"

Ich lachte leise vor mich hin. Wie Mia in ihren Haaren nestelte, zeigte mir, dass ihr die Richtung des Gespräches nicht behagte.

Mit Bedauern in der Stimme sagte ich: „Leider hatte ich sie nicht alle drei gleichzeitig. Das wäre auch zu schön gewesen. An diesem Abend hatte ich lediglich das Vergnügen, die ehrgeizige Frau Susanne Rieder, Bachelor FH, zu erobern und mich für die Strapazen, denen sie mich ausgesetzt hat, zu rächen. Niemand treibt mich kilometerweit durch die Hitze, ohne das nachher ausbaden zu müssen. Der Marathon, der nachher auf sie zukam, der hat sie auch mehr geschafft als die paar Kilometer bis zum Lusthaus."

Mia verschränkte die Arme vor der Brust. „Wie soll ich mich je wieder mit Susanne unterhalten können, ohne an diese Szene denken zu müssen?", mokierte sie sich. „Können Sie sich diese Geschichten über die

Frauen aus der Firma nicht sparen? Es gibt doch so viele andere Dinge, über die wir uns unterhalten können. Ich sitze oft stundenlang mit Susanne zusammen, wenn wir über einen neuen Folder oder eine neue Kampagne brüten. Ich mag Susanne und schätze sie sehr. Und jetzt? Jetzt hab ich nur Sie im Kopf, wie Sie auf Susannes Dachterrasse fläzen, auf der ich übrigens auch schon mal eingeladen war. Und je länger ich mit Susanne in Zukunft nach Worten suchen werde, umso mehr werde ich mich fragen, wie sie wohl aussieht, wenn sie in Ihren Armen liegt und ob sie wohl Spaß hatte und was sie wohl alles gemacht haben."

„Ich kann gerne ins Detail gehen, damit Sie sich bei der nächsten Besprechung nicht fragen müssen, was wir alles gemacht haben."

„Danke, ich verzichte."

„Wollen wir denn nun auf das Riesenrad?", wechselte ich das Thema.

Mia guckte auf ihre Armbanduhr. „Mir fällt gerade ein, ich weiß gar nicht, ob das Riesenrad im Winter so lange geöffnet hat."

Sie zückte ihr Smartphone und begann zu recherchieren. Ich blickte interessiert auf ihre Finger, während sie Google aufrief und das Wiener Riesenrad eintippte.

„Hm, leider sperrt es in den Wintermonaten um 21 Uhr 45 zu", sagte sie. „Wir sind zu spät dran für eine Fahrt, aber ich habe eine andere Idee, falls Sie einen berauschenden Rundumblick über Wien genießen wollen. Und mit berauschend meine ich wirklich berauschend, viel berauschender als von Frau Susanne Rieders Dachterrasse."

„Die übrigens nicht sehr berauschend war."

Mia runzelte die Stirn.

Ich wusste, sie dachte darüber nach, ob ich die Dachterrasse oder die Marketingleiterin gemeint hatte.

„Kennen Sie *Das Loft*?"

„Vom Hörensagen."

„Aber Sie waren noch nie dort?"

„Nein."

„Gut, dann steigen wir am Schwedenplatz aus und gehen in diese Bar. Ich denke, sie wird Ihnen außerordentlich gut gefallen. Ich schätze Sie wie einen Mann ein, der in einen weiten Ausblick über eine Stadt etwas Machtvolles hineininterpretiert. Alle Männer lieben das Imposante im Außen und wir zwei passen mit unserem eleganten Outfit auch viel besser in das Loft als in ein uriges Wiener Beisl. Ich hoffe, wir ergattern noch einen der begehrten Plätze an der Cocktailbar. Fürs Restaurant hätten wir nämlich Wochen im Voraus reservieren müssen."

Wir verließen die Straßenbahn und überquerten einen Platz, der mit Pizzaschnitten und Kebab essenden Menschen übervölkert war. Es stank penetrant nach Gebratenem und Zwiebel.

„Den besten Kebab der Stadt gibt es hier am Schwedenplatz", erklärte Mia. „Falls Sie Hunger haben, sollten Sie zugreifen und zwar nur hier."

Ich schüttelte den Kopf. „Nein, danke, mir ist jetzt nicht nach Fleisch am Spieß, sondern mehr nach einem trockenen österreichischen Rotwääin."

„Es heißt Wein", korrigierte sie mich. „Verwenden Sie bitte eine Aussprache, die meiner nicht spottet."

Ich lachte laut auf. Die kleine Wienerin war zu niedlich, wenn sie sich ärgerte.

„Sie lieben es, mich zu provozieren, oder?", fragte sie mit schmalen Augen.

„Oh ja", erwiderte ich. „Sie ahnen nicht wie sehr. Aber noch viel mehr liebe ich es, dass Sie mir Konter geben."

Mia versuchte ihr Grinsen zu verbergen, aber ich entdeckte es trotzdem in ihrem Mundwinkel lauern.

„Ich würde Ihnen raten, damit aufzuhören", warnte sie mich halbherzig. „Ich kann nämlich ganz schön grantig werden. In meinem Herzen lebt eine wilde Löwin, und ja, wenn die einmal befreit ist, dann kennt sie keine Gnade, vor allem nicht mit Menschen, die ihr nichts Gutes wollen. Ich beiße und töte auch, wenn es sein muss. Lachen Sie nicht so hämisch. Das ist so."

„Tja, wenn das so ist, dann muss ich mir keine Sorgen machen. Zufällig habe ich keine Angst vor Löwen. Ich bin nämlich selbst einer und ziemlich wild, wenn ICH das will. Und beißen und töten kann ich auch. Außerdem möchte ich Ihnen Gutes tun, nur Gutes, auch wenn Sie mir das nicht glauben wollen. Aber Sie werden es spüren. Später, wenn ich Ihren Widerstand überwunden habe und Sie sich in haltloser Ekstase fragen werden, warum nur, warum Sie sich so lange gegen meine Avancen gewehrt haben."

Sie lachte spöttisch auf.

„Niemals", sagte sie. „Darauf gebe ich Ihnen mein

Wort. Niemals wird es so weit kommen. Vorher friert die Hölle zu."

In ihren Augen konnte ich erkennen, wie ernst es ihr damit war.

Verdammte Scheiße.

Diese Frau war vielleicht ein harter Brocken.

Spätestens jetzt war mir klar, dass ich meine Strategie ändern musste. Für Mia Sommer galten andere Regeln. Verschärftere.

Ich musste andere Geschütze auffahren, wenn ich sie erobern wollte.

Denn, dass ich das wollte, war mir im Laufe des Abends klar geworden.

Ich wollte sie mehr als alle anderen.

Sie sollte mir gehören.

DAS LOFT

MIA

Wir fuhren mit dem Aufzug in das 18. Stockwerk des Sofitel Vienna Stephansdom hinauf. Die Luft in der Kabine verdichtete sich, flirrte, heizte sich auf. Was war das? Etwas hatte sich verändert. Und es hatte mit Jan zu tun, dessen männliche Dominanz plötzlich mein ganzes Sein überschwemmte.

Seine dunklen Augen lagen lodernd auf meinem Gesicht, was mich hochgradig nervös machte. Sein Blick durchbohrte mich, unterwarf mich, vögelte mich. Dieser Mann konnte so eindringlich schauen, dass ich unter ihm zu schmelzen begann. Eine verzehrende Erregung flutete meinen Schoß. Ich spürte das Blut in meinen Adern pochen und nicht nur dort. In meinen Ohren echote leise Hintergrundmusik. Ich versuchte mich darauf zu konzentrieren, versuchte einen letzten starken Atemzug zu finden. War das ein Klavier? Wie schön. Ich liebte Klaviermusik. Sie entspannte mich. Nein, tat sie nicht. Ich machte mir was vor. Heute würde mich nichts mehr entspannen.

Außer noch ein Wääin.

Oder zwei oder drei oder vier.

Oder in Jan Königs Armen zu liegen und einen Orgasmus nach dem anderen zu erleben.

Auf der Suche nach einer Ersatzhandlung und um dem Starren des Deutschen auszuweichen, tat ich so, als ob ich in meiner Handtasche nach etwas suchte.

Ich wollte ihn auf gar keinen Fall wissen lassen, wie sehr er mich durcheinanderbrachte und dass es mich erregte, wenn er mich so hungrig ansah.

Verflucht, wie lange brauchte so ein Lift eigentlich, um in den 18. Stock zu fahren? Die Fahrt dauerte ewig. Jan war einen Schritt an mich herangetreten. Ich nahm sein Eau de Toilette wahr.

Bleib weg, dachte ich, *um Gottes willen, nicht näherkommen. Ich werde dir nicht widerstehen können.*

Meine Knie gaben nach.

Mein Herz schlug viel schneller als sonst und auch so schien ich ein einziger flatternder Punkt an gebündelten Nervenenden zu sein, bereit, bei der kleinsten Berührung zu explodieren.

Jan wollte meinen Widerstand überwinden?

Viel Erfolg, Herr König. Das hatten schon andere versucht und waren kläglich am Beton meines Bunkers gescheitert.

Als der Aufzug mit einem leisen Pling anhielt, ließ Jan mir beim Verlassen den Vortritt. Das gefiel mir. Er war ein Gentleman. Schon den ganzen Abend sorgte er dafür, dass ich mich wie eine echte Dame fühlte. Ich schenkte ihm ein flüchtiges Lächeln, als ich an ihm vorüberhuschte.

Das Mädchen an der Garderobe glotzte neugierig auf meine klobigen Fellschuhe, als wir uns näherten und ihr die Mäntel überreichten. Ich strich das Haar aus meinem Gesicht und versuchte mich würdevoll und selbstbewusst zu geben. Was kümmerte es mich, wenn ein junges Mädchen auf mein Schuhwerk starrte

und missbilligend ihre Lippen verzog?
Warum hatte ich überhaupt das ständige Empfinden, dass mich Menschen fixierten, um nach einem Fehler in meinem Aussehen zu suchen? Vielleicht sahen sie mich an, weil ich nett anzusehen war.
Ja, warum denn auch nicht?
Ich war doch nett anzusehen. Oder?
Okay, Bernhards Moonboots, die waren seltsam und ich war es wahrscheinlich auch … seltsam und verschroben. Aber ich war auch nett anzusehen.
Wir stellten uns vor das Pult und warteten darauf, dass ein Mitarbeiter kam, um uns einen Platz an der Bar zuzuweisen.
„Beeindruckend", murmelte Jan neben mir.
Ich trat einen Schritt zur Seite, um Abstand zwischen uns zu bringen. Wie nahe der Deutsche schon wieder an mir dran war. Näher als mein Schatten. Er sorgte immer wieder sehr geschickt dafür, dass wir uns scheinbar zufällig an den Armen berührten.
Seine Nähe erregte mich.
„Eine sehr imposante Kulisse, Frau Sommer", lobte er das Restaurant. „Außerordentlich schön."
Ich ließ meinen Blick über die edel gedeckten Tische wandern, an denen die anderen Gäste beim Essen saßen. Mit klopfendem Herzen fokussierte ich die videoanimierte Lichterdecke, die sich über das gesamte Restaurant erstreckte und sich in der Glasfront widerspiegelte. Das sorgte für einen Effekt, der mir jedes Mal den Atem raubte. Ich konnte mich noch gut an meinen ersten Besuch im *Loft* erinnern.

Ich hatte meine Augen kaum von der architektonischen Installation lösen können, die nicht nur über den Köpfen der Gäste, sondern über ganz Wien zu schweben schien. Ein leuchtendes Blättermeer in den Farben Gelb und Rot und ein bisschen Blau.
Wunderschön.
Ich wollte in dieses helle Strahlen fallen und für immer darin ertrinken. Es freute mich, dass es mir gelungen war, den Deutschen mit der Wahl des Restaurants zu beeindrucken. So etwas hatte er bestimmt noch nie gesehen und ich nahm an, dass er schon viel gesehen hatte. Aber das. Das gab es nur in Wien. Und überhaupt, es gab so vieles, was es nur in Wien gab, aber diese Nacht war zu kurz, um ihm alles zu zeigen und eine weitere Nacht würde es nicht geben.
Hatte das künstlerisch marode *Café Sperl* perfekt zu mir gepasst, so war das schicke *Loft* Jans symbiotisches Pendant. Er selbst war das fehlende Puzzlestück dieser lichterlohen, kulinarischen Inszenierung.
Breitbeinig stand er im Zentrum des Geschehens, den Kopf weit in den Nacken gelegt, die Hände in den Hosentaschen vergraben und bewunderte den leuchtenden Plafond. Er stand da wie ein Adonis, im schwarzen Anzug, mit hellblauem Hemd.
Und er war dunkel und so gefährlich schön.
So schön.
Nahtlos fügte er sich in die auserlesene Gesellschaft ein. Und ich begehrte ihn.
So sehr.
Plötzlich wollte ich in seinen Armen und in leuchten-

den Blätterbergen versinken und einen Kuss über den Dächern von Wien erhaschen und später vielleicht noch mehr. Noch mehr. Nur mehr.
Nach einem Meer an Wein.
Und ich wollte ihn spüren. Alles von ihm spüren. Ohne zu denken, ohne Angst und ohne mein inneres Gewissen, das mich immer wieder so grausam davor abhielt, ins Leben zu treten. Würde er mich vergessen? Nein, das war meine größte Sorge. Dass ich ihm nicht gut genug war. Dass er mich schon beim Umdrehen und Fallen aus dem Bett verächtlich vergaß. Und dann? Aber vielleicht würde er das nicht.
Vielleicht würde er mich in guter Erinnerung behalten und in ein paar Jahren in einem edlen Restaurant über den Dächern Frankfurts jemandem von mir erzählen. *Da gab es eine Wienerin, die war seltsam,* würde er sagen, *sie trug fellbesetzte Moonboots, die einem Bären von einem Mann gehörten, und sie küsste mich unter einer leuchtenden Ahorndecke und Wien lag uns zu Füßen. Es war Weihnachten und in den Glaswänden spiegelte sich ein hübscher Christbaum, der rote Kugeln trug. Diese Frau werde ich niemals vergessen.*
Das würde er sagen.
Und ich würde endlich unvergessen sein.
Oder auch nicht.

„Es gefällt Ihnen", stellte ich zufrieden fest.

„Ja, sehr", murmelte er andächtig.

Eine Angestellte des Restaurants erschien und bat uns, ihr zu folgen. Sie führte uns an die viereckige Bar, die durch ein Podest erhöht genau im Zentrum

des Restaurants positioniert war. Auf den Barhockern sitzend konnten wir alle Tische überblicken.
Während ich mich in die Getränkekarte vertiefte, bewunderte Jan die leuchtende Decke.

„Diese Installation ist richtig klasse", schwärmte er.

„Habe ich es Ihnen nicht gesagt? Diese Aussicht ist doch hundertmal besser als die von Frau Susanne Rieder, Bachelor FH, oder?"

Er neigte den Kopf und blickte mir tief in die Augen und ich versank in seinem erhitzten Schokoladensee. „Tausendmal schöner als Susanne Rieder", sagte er rau und ich hatte das Gefühl, dass er mich meinte. Fand er mich schön? Unmöglich.

Verlegen lenkte ich meine Augen auf die lange Liste an Cocktails, die mir allesamt auf der Netzhaut verschwammen.

„Wir trinken Rotwein", bestimmte Jan, nachdem er die Karte überflogen hatte. „Bestellen Sie für uns beide, Frau Sommer?"

„Sie wollen doch nur hören, wie ich Wääin sage", maulte ich. „Stimmt doch, oder?"

„Genau", sagte er mit einem Augenzwinkern.

„Darf ich ihn wenigstens aussuchen, den Wääin?"

„Bitte. Ich begebe mich ganz in Ihre geschickten Hände."

Ich gab dem Barmann ein Zeichen, der sich daraufhin zu mir über den Tresen beugte.

„Wir bekommen bitte zwei Mal den *Zweigelt Lärchenfeld Loft Edition*."

Jan schüttelte grinsend den Kopf. „Das dachte ich

mir schon, dass Sie wieder ausweichen. Darin sind Sie ziemlich gut."

„Das war wirklich keine Kunst", meinte ich mit einem Achselzucken.

„Wovor haben Sie solche Angst?"

Ich spielte mit dem gläsernen Rentier vor mir, in dem ein munteres Teelicht flackerte, drehte es einmal in die eine, dann in die andere Richtung. So musste ich den Deutschen nicht ansehen und konnte meine fahrigen Hände beschäftigen.

Ich weiß nicht, wollte ich sagen. *Ich habe keine Ahnung. Vielleicht habe ich ja keine Angst, sondern nur keinen Willen, mich auf etwas einzulassen, das unvorhersehbar ist.*

Plötzlich waren mir meine Worte abhandengekommen und ich wollte auch keines mehr durchzählen. Im Hintergrund spielte es Frank Sinatras *Have yourself a merry little christmas*. Es passte perfekt zu meinen Gedanken. Wie viele Weihnachten hatte ich nun schon allein in meiner Genossenschaftswohnung verbracht? Mit meinem fetten Kater Raphael. Sieben, acht? Aber ich war nicht unglücklich darüber. Das war ich nicht. Auch nicht einsam. Es machte mir nichts aus, allein zu sein. Wirklich nicht. Ich konnte gut für mich sorgen.

Der Barmann brachte unsere Weingläser und stellte sie vor uns ab. Ich griff danach wie eine Ertrinkende und schwenkte die rote Flüssigkeit ein paarmal im Kreis herum.

„Zum Wohl", sagte Jan und prostete mir zu.

„Prost", erwiderte ich.

Wir kosteten. Der Wein war sensationell gut. Wir tranken einen weiteren Schluck und dann noch einen. Und dazwischen begegneten wir uns mit einem zufriedenen Lächeln.

„Also, Mia", sagte Jan schließlich, als wir die Gläser wieder abgestellt hatten. „Wovor haben Sie so große Angst?"

Ich schluckte, hielt mich am Stiel des Glases fest, fand keinen Halt. Also trank ich. Dann leckte ich über meine Lippen, auf denen der Hauch einer trockenen Weinrebe haftete.

„Ich habe Angst vor der Realität", sagte ich, nachdem ich einmal tief durchgeatmet hatte.

So! Jetzt war es raus.

Noch nie hatte ich diese Wahrheit laut ausgesprochen, noch nie so klar und deutlich vor einem Gegenüber kommuniziert. Es fühlte sich herrlich befreiend an, also artikulierte ich sie noch einmal. Die Wahrheit. „Ich habe Angst vor der Realität."

„Warum?", fragte Jan. „Was macht Sie so sicher, dass die Realität furchterregender ist als das Wunderland der Bücher?"

„Ich weiß, dass es so ist. Ich weiß es. Bitte glauben Sie mir, wenn ich Ihnen das sage. Ich habe in der Realität gelebt. Als Kind lebt man doch nur in der Realität, in der Gegenwart, wo sonst? Man ist unbekümmert und frei, bis … ja … bis einer kommt und einem das wegnimmt."

Hinter der Stirn des Deutschen arbeitete es. Das konnte ich sehen. Er suchte nach Antworten, aber es gab keine. Was hätte er auch sagen sollen? Was fragen? Ich musste ihm aus dieser Sackgasse heraushelfen, musste der Richtung des Gespräches wieder den Verlauf aufdrängen, den *ich* haben wollte.

„Wie verbringen Sie Ihr Weihnachtsfest?", fragte ich.

Jan schnalzte mit der Zunge. „Tz, tz, tz, Sie weichen mir schon wieder aus."

Ich nickte. „Ein Themenwechsel wäre mir wirklich lieber. Bitte."

Er seufzte ergeben und fuhr sich mit einer Hand durch sein dunkles Haar.

„Okay, na gut, dann ändern wir die Richtung. Ich feiere mit Freunden", sagte er. „In einem großen Haus am Rande von Offenbach. Wir machen das schon seit einigen Jahren so, verbringen alle zusammen die Weihnachtsfeiertage. Ein paar Pärchen und ich. Es gibt gutes Essen, guten Wein, einen Weihnachtsbaum, Geschenke. Da ist sogar ein offener Kamin mit einem Fell davor, umgeben von unzähligen Bücherregalen. Das müsste Ihnen gefallen, Frau Sommer. Dieses Ambiente. Sehr gefallen. Es ist wie aus einem Weihnachtsbilderbuch. Meine Freunde und ich, wir haben immer jede Menge Spaß zusammen. Ich genieße diese Zeit sehr."

„Es klingt frivol, wenn Sie davon erzählen", stellte ich fest. „Durch meinen Kopf rasen gerade Millionen orgiastische, zutiefst anzügliche Bilder von Ihnen und Ihren Freunden."

Ich trank. Mittlerweile jagte der Alkohol durch mei-

nen Blutkreislauf und legte die hemmungsbeladenen Schalter um. Einen nach dem anderen. Ich wollte den Deutschen herausfordern, ihn provozieren.
Keine Ahnung, was ich wollte.
Ich hatte keine verdammte Ahnung, was ich wollte.
Was wollte ich denn?
Jan veränderte seine Position auf dem Barhocker, stemmte eine Handfläche auf seinen Oberschenkel und neigte sich zu mir vor.

„Nichts, was ich eben gesagt habe, war in irgendeiner Weise frivol oder orgiastisch gemeint", widersprach er mir eindringlich. „Es ist IHRE Fantasie, die da mit Ihnen durchgeht. Das sind SIE, verstehen Sie? SIE! Frei nach dem Spiegelprinzip. Sie denken an Sex, wenn ich Ihnen von meinem Weihnachtsfest erzähle. Das sind IHRE geheimen Wünsche. Ich habe nichts dergleichen angedeutet."

Er log. Und ich wusste, dass er log, weil ich ganz genau gespürt hatte, dass er beim Sprechen an Sex gedacht hatte. Mit einem triumphalen Lächeln kam ich ihm entgegen. Unsere Gesichter berührten sich beinahe.

„Ich verrate Ihnen nun etwas über mich. Aber Sie dürfen nicht lachen, Sie müssen mich ernst nehmen. Versprechen Sie mir das?", flüsterte ich.

„Ich versuche es."

Ich ließ ein paar dramatische Sekunden verstreichen.

„Jetzt machen Sie es nicht so spannend", knurrte er.

„Unterbrechen Sie mich bitte nicht. Ich muss mich erst sammeln."

„Frau Sommer, was ist Ihr Geheimnis?"

Ich schloss die Augen, öffnete sie wieder und legte dann die Hände wie ein Sprachrohr an meinen Mund.

„Ich fühle die Schwingung von Worten", flüsterte ich ihm zu.

„Okaaay", murmelte er, während ich mich wieder in eine aufrechte Sitzposition brachte, meine Beine überschlug und möglichst würdevoll nach meinem Weinglas griff. Mit meiner Offenlegung legte ich einen wichtigen Teil von mir offen und ich war gespannt, wie der Deutsche mit dieser Information umgehen würde.

„Das war nichts, womit ich gerechnet habe", sagte er stirnrunzelnd. „Was kann ich mir darunter vorstellen? Was meinen Sie damit? Sie fühlen die Schwingung von Worten. Was heißt das?"

Ich strich mir ein paarmal mit der Hand durchs Haar, ehe ich es ihm erklärte. „Schauen Sie, Sie müssen sich das so vorstellen … Sprache ist wie Musik, sie ist Rhythmus, sie erzeugt Gefühle und Assoziationen in der Gedankenwelt eines Menschen. Jedes Wort schwingt, ähnlich einem Ton auf der Tonleiter. Und ich fühle diese Vibrationen, es entstehen Landschaften in meiner Fantasie. Viele Wörter aneinandergereiht ergeben Sätze und Sätze ergeben Geschichten. Ich lese diese Geschichten und fühle sie. Ich spüre, woran ein Mensch denkt, wenn er etwas sagt oder schreibt. Ich spüre sogar den Menschen selbst, sein Energiefeld, seine Aura. Seit meiner Kindheit ist das so. Ich fühle die Schwingung von Worten. Deshalb vermeide ich es so explizit, mit Ihnen über Sex zu sprechen. Es erregt mich, weil ich Ihre Worte nicht nur hören kann, sondern sie auch körperlich spüre. Ich reagiere auf Worte, ich lebe Worte. Und wenn ich Worte niederschreibe, dann bringe ich ihre Schwingung aufs Papier, ich lege sie zwischen die Zeilen und die Leser fühlen dann, wie diese Worte schwingen, wie sie schwingen für mich."

„Faszinierend", sagte Jan, in dessen Augen plötzlich ein weihnachtliches Funkeln ausgebrochen war.

Er sah so selbstzufrieden aus, als ob ihm gerade eine grandiose Idee gekommen wäre. Sein Grinsen zeigte mir, dass er offensichtlich eine langersehnte Lösung für ein langwieriges Problem gefunden hatte.

„Daher sind Ihre Texte also so gut", sagte er, als er einen Schluck Wein getrunken und das Glas wieder abgestellt hatte.

Ich lächelte stolz. „Ja, vielleicht ist das der Grund, vielleicht auch nicht. Egal. Jetzt beantworten Sie mir bitte eine Frage, ganz ehrlich und unverblümt. Haben Sie an Sex gedacht, als Sie von Ihren Freunden aus Offenbach erzählt haben? Sie wollten es mir als harmloses Wir-spielen-Brettspiele-und-essen-Gans verkaufen, aber in Wahrheit haben Sie an Sex gedacht. Stimmt's?"

Der Deutsche grinste verschlagen

„Warum sollte ich das jetzt abstreiten, Frau Sommer, wo Sie es doch ganz genau gespürt haben?", fragte er süffisant. „Mein Offenbachsches Weihnachtsfest ist in der Tat orgiastisch geprägt. Das hat sich vor Jahren so ergeben. Wir tun uns zusammen und versuchen, die Zeit bis Silvester möglichst lustvoll und entspannt zu verbringen. Es gibt übrigens auch eine Gans. Und Geschenke. Und die Hausherrin hat einen Weihnachtsbaum, der übertrieben geschmückt wird und riesengroß ist. Aber an diese Dinge habe ich nicht gedacht, als ich Ihnen von Offenbach erzählt habe. Und das haben Sie mit Ihren feinen Antennen natürlich gespürt. Wollen Sie wissen, woran ich gedacht habe?"

Ich rutschte auf meinem Barhocker hin und her.
Oh Gott, dieser Blick.
In welche Bredouille hatte ich mich nur gebracht?
Wollte ich wissen, woran er gedacht hatte?
Nein, ich wollte es nicht wissen. Besser nicht.
So, wie er mich fixierte, konnte es nicht jugendfrei gewesen sein. Bei Gott nicht.
Na ja … eigentlich wollte ich es schon wissen.
Aber ich musste Nein sagen.
Aus Prinzip.

„Nein", sagte ich kühl.
„Doch, du willst es wissen." Ich zuckte zusammen. Hatte er gerade *du* zu mir gesagt? „Mia, du stehst dir selbst im Weg. Ich wünschte, ich könnte irgendetwas tun, um dir deine Ängste zu nehmen, damit du dich endlich öffnest. Für mich."

Ich starrte ihn mit offenem Mund an, während seine Worte in mich strömten.
DU … DIR … DEINE … DICH …
Mit seinen Worten fielen meine Grenzen.

Empörte Proteste lagen mir auf der Zunge, aber Jan ließ mich nicht einmal eine Silbe meiner widerständigen Wortverkettung aussprechen.

„Mir ist schon klar, dass du das SIE als sprachliche Barriere verwendest, um Distanz zu den Menschen aufzubauen", sagte er ruhig. „Das hat mir übrigens Frau Schaller verraten, aber ich hätte das auch selbst erkannt. Du bist nicht schwer zu durchschauen, man muss sich nur einen Abend lang mit dir unterhalten. Frau Schaller hat mir geraten, mich an deine Regeln zu halten, um dich nicht zu verstören. ‚Vorsicht, Herr König, wenn Sie Frau Sommer näher kennenlernen wollen, dann müssen Sie sich streng an das höfliche SIE halten. Das kann die Gute nämlich gar nicht leiden, wenn ihr ein Mann mit dem DU-Wort kommt und sie es nicht von sich aus angeboten hat. Da ist sie wirklich altmodisch.' Bis jetzt habe ich deine Grenzen respektvoll gewahrt, aber an diesem Punkt würde ich sie unheimlich gerne durchbrechen. Ich kann das rigide SIE nämlich überhaupt nicht ab. Es schafft unnötige Distanz im Gespräch."

Ich atmete scharf ein.

Der Deutsche konnte das rigide SIE nicht ab?

Ich konnte das amikale DU nicht ab.

Ich kannte diesen Mann überhaupt nicht.

Er war ein Fremder.

Obwohl er sich so vertraut anfühlte.

Ich holte tief Luft, aber Jan legte einen Zeigefinger auf meine Lippen und brachte mich zum Verstummen. Es war nur eine hauchzarte Berührung und sie dauerte auch nur eine Sekunde lang an, aber sie machte mich halb verrückt vor Begehren. In meinem Unterleib zog sich alles um einen Ring aus Feuer zusammen. Mächtige Flutwellen drängten aus meinem Meer und wollten Mehr. Mein Gott.

„In Wahrheit brennst du doch darauf zu erfahren, was ich mir gedacht habe", raunte er mit einer Stimme, die mir wie das Ende einer Peitsche über alle Nervenbahnen schnalzte. „Soll ich dir erzählen, was mir zu Offenbach durch den Kopf gegangen ist? Welche Fantasien ich dabei hatte? Ich habe mir vorgestellt, dass du mich nach Offenbach begleitest. Und zwar am 23. Dezember. Gleich nachdem hier in Wien Schluss ist, fahre ich los. Und du kommst mit. Guck nicht so schockiert. Meine Freunde sind nette Menschen und das Haus ist luxuriös und keineswegs abgefuckt. Es gibt Geschenke und einen Truthahn und intellektuelle Gespräche und meine Freundin hat eine beeindruckende Bibliothek, für die du auf die Knie gehen würdest. Aber all diese Dinge hatte ich nicht im Sinn, als ich mir ausgemalt habe, wie es wäre, wenn du mich nach Offenbach begleitest. Ich hatte eine andere Assoziation im Kopf. Und die hast du intuitiv wahrgenommen. Ich habe an dich gedacht. Wie du vor mir liegst. Auf diesem weißen Fell vor dem offenen Kamin. Du bist nackt. Und die Nacht ist in ihrer Mitte und der Morgen ist noch weit und der große Weihnachtsbaum malt ein herrliches Leuchten an die Wände. Alle schlafen, nur wir beide, wir sind noch wach, wir finden keine Ruhe. Den ganzen Tag haben wir uns nur angesehen, mit gierigen Blicken. Ohne uns zu berühren, haben wir uns umkreist. Und jetzt endlich ist es soweit. Du bist nackt und liegst vor mir auf dem Boden. Deine Beine sind weit gespreizt und ich kann deinen Schoß bewundern, der aufgeblättert und nass auf meine Berührungen wartet. Bedächtig krieche ich zwischen deine aufgestellten Beine. Ich küsse die Innenseite deiner Oberschenkel, arbeite mich langsam bis zu deiner Mitte vor, atme dich ein. Ich lasse mir so lange Zeit, bis du mir mit deinem Becken entgegenkommst. Ungeduldig bist du, oh ja, und so hungrig auf mich. Und dann vergrabe ich meinen Mund in deinem Schoß. Ich sauge an deinen Schamlippen, stecke meine Zunge in deine Spalte und stöhne zufrieden, denn du schmeckst genauso gut, wie ich das erwartet hatte. Ich lecke dich leidenschaftlich, immer wieder kreise ich um deinen Kitzler. Du zerfließt auf meinen Lippen. Meine Zungenspitze schiebt sich in dich hinein, ich trinke dich, ich sauge an dir, ich küsse dich. Langsam beginnen deine Oberschenkel zu zittern und zu zucken. Endlich verlierst du die Kontrolle. Deine Haut glüht im Schein des Feuers und du presst sehnsüchtig dein Becken in meinen Mund, um mich zu einem schnelleren Tempo anzutreiben. Dabei streckst du deinen Hals weit durch, wirfst deinen Kopf in den Nacken und stöhnst so geil, dass ich davon steinhart werde. Mit Genuss quäle ich dich weiter. Ich verwöhne dich, lasse dich aber nicht kommen. Immer, wenn du kurz davor bist, höre ich auf. Im Hintergrund knistert und knackt das

Holz und die Flammen im Kamin schlagen so hoch wie das Feuer in deiner Mitte. Aus deinem Mund fliehen kleine entzückte Laute, die du so gerne zurückhalten würdest, damit ich nicht merke, wie sehr es dir gefällt. Du bist so stolz und stur und es macht mich scharf zu sehen, wie dein Widerstand hinwegschmilzt und du unter meiner Zunge zerfällst und dich hingibst. Jedes Mal, wenn ich über deine Klitoris kreise, verlässt dieser heisere Laut deinen Mund. Du bist so wehrlos und so willig und du gehörst mir. Und dann lecke ich dich härter, bis du kommst. Und während deine Hände sich in meine Haare krallen und du schreist, schiebe ich einen Finger in dich hinein. Und dann noch einen. Und dann massiere ich dich von innen und du wirst lauter und kommst noch einmal und jetzt erst, wenn dein Schoß rhythmisch pulsiert, bin ich zufrieden, und auch weil ich spüre, dass du schön eng bist, genau richtig für meinen harten Schwanz. Ich lege mich auf deinen Körper, der noch mit seinem Nachbeben beschäftigt ist, und küsse deine Brüste, sauge abwechselnd deine steifen Nippel in meinen Mund ein. Mein Gesicht wandert weiter, ich küsse deinen Hals und fixiere ganz nebenbei deine Hände über deinem Kopf, halte sie mit meiner fest. Du kannst dich nicht bewegen, bist gefangen unter meinem Gewicht. Ich halte dich fest und dann treibe ich mich langsam in dich hinein, Zentimeter für Zentimeter schiebe ich mich vorwärts und suche dabei deinen Mund, weil ich nicht verpassen will, wie du deinen Atem anhältst, nur um ihn leise seufzend auszustoßen, vor lauter Entzücken, weil es zu gut ist, wie ich dich ausfülle und dehne. Es ist zu gut, zu geil. Und während ich dich aufstemme und ich mich weiter ..."

"Stopp!", rief ich aus. Meine Stimme zitterte so sehr, dass sich mein Einspruch wie ein hilfloses Krächzen anhörte. "Stopp, Jan. Bis hierher und nicht weiter!"

"Ist es dir zu heiß?", fragte er selbstgefällig. "Oder warum muss ich aufhören? Ich hab dich noch gar nicht gefickt."

"Du ... du hast dir ... einen, äh ... sprachlichen Fehltritt geleistet", stammelte ich. "Bis zu diesem Punkt hast du dich wacker geschlagen. Ich muss sagen, ich bin ehrlich beeindruckt und ... äh ... sagen wir leicht erhitzt. Auf meiner Wortschwingungsskala verdient dieser verbale Akt eine glatte Eins, sogar eine Eins Plus, aber dieses eine Wort, das hat alles zerstört. Tut mir leid, Jan. Meine erotische Stimmung ist in den Keller gefallen, sie ist schlicht und ergreifend im A."

"Welches Wort denn?"

"Aufstemmen? Ernsthaft, Jan? Das geht gar nicht. Absolut überhaupt nicht. Dieses Wort ist ein Unwort im sexuellen Gefüge ALLER Worte, die jemals eine Frau erregt haben. Mit diesem Wort hast du die ganze Stimmung zerstört, die du so übereifrig und dramaturgisch aufgebaut hast. Schade eigentlich, aber mach dir nichts draus."

"Und was bitte ist an *aufstemmen* nicht okay?", knurrte er und es klang beleidigt. "Es trifft genau das, was in diesem Moment passiert und ich kann das besser beurteilen als du. Ich bin ein Mann. Ich stemme dich auf."

Seine Augen funkelten herausfordernd.

„Jan, hör mir zu. Alles an *aufstemmen* ist schlecht. Willst du wissen, welche Assoziationen ich zu *aufstemmen* hatte?"

„Ich glaube nicht, dass ich das wissen will", murmelte er und trank seinen Wein auf einen Zug leer. Er knallte das Glas auf den Tresen, dass ich schon Angst hatte, es könnte kaputtgehen.

„Ich sage es dir trotzdem, damit du verstehst, was ich meine. In dem Moment, in dem ich *aufstemmen* gehört habe, habe ich an einen Bauarbeiter gedacht. Ja, wirklich. So einen ekligen dicken Typen, wie man sie in Wien zuhauf auf völlig überflüssigen und Stau verursachenden Baustellen findet. So einen *Mundl*, der einen dröhnenden Presslufthammer vor seinen Bierbauch hält und den Asphalt damit aufstemmt. Und ich erläutere dir auch gern die Sinneswahrnehmungen, nur für dich zum Verständnis. Ich hatte, erstens, den Gestank von heißem Asphalt in der Nase, zweitens, den Höllenlärm des Presslufthammers in meinen Ohren, drittens, das Maurer-Dekolleté des Bauarbeiters vor Augen und viertens, eine Gänsehaut des Entsetzens auf meinem ganzen Körper. Nein, meine sexuelle Stimmung ist dahin und ich muss außerdem aufs Klo."

Eilig erhob ich mich, schnappte meine Handtasche und flüchtete an der Bar vorbei die Treppe zu den

Toiletten hinunter. In der Kabine sank ich schwer atmend auf die Klobrille und vergrub das Gesicht in meinen Händen.

Himmel, war das heiß gewesen.

Mein Puls raste durch meinen Körper. Das Herz hämmerte in meiner Brust. In meinem Blut war nur noch Glut. Nichts anderes.

Ich musste nicht einmal nachsehen, um zu wissen, dass mein Höschen klatschnass geworden war. Jetzt eine Berührung an meiner geschwollenen Klitoris und ich würde in Sekunden zum Höhepunkt kommen. Wie war das möglich? Ich war verloren. Jan König hatte mich gerade geleckt. Auf einem Fell vor dem offenen Kamin. Nur mit Worten.

Ging es noch heißer?

Und danach hatte er mich gevögelt. Eigentlich hatte er ja nur begonnen, mich zu vögeln. Warum hatte ich ihn unterbrochen? Völlig egal, mein Kopfkino ließ sich ohnehin nicht mehr abschalten. Die erotische Begegnung spulte sich vor meinen Augen ab, lief weiter und weiter, ganz ohne Jans Worte. Ich war an einem Punkt angekommen, an dem ich sie nicht mehr brauchte, um UNS zu erleben. In Gedanken spürte ich Jan schon, ich spürte, wie er in mich eindrang, wie er jeden Millimeter meiner Weiblichkeit in Besitz nahm. Ich fühlte ihn bis zum Anschlag in mir, spürte seine Küsse auf meiner Haut, an meinem Hals. Er küsste meinen Mund und ja, er küsste gut, aber das war ja klar ... mit diesen Lippen. Ich hatte nichts anderes erwartet.

In meiner Vorstellung küsste Jan besser als alle anderen Männer, die ich je geküsst hatte. Und ich schmeckte mich selbst auf seiner Zunge und das törnte mich an, machte mich rasend. Seine Hände packten mein Gesicht – zärtlich aber doch besitzergreifend – und er sah mir zwischen unseren Küssen tief in die Augen. Dämonisch war sein Blick und so mit Flammen durchtränkt, dass ich unter ihm brannte. Und dann begann er sich zu bewegen. Wie ein Gott, ja, ein Gott. Erst langsam, damit ich mich an seine Größe gewöhnen konnte. Aber irgendwann veränderte er die Position, ohne mich aus den Augen zu lassen, veränderte den Winkel. Er stützte sich auf seine Hände ab, brachte Abstand zwischen unsere Körper und dann stieß er schneller in mich und tiefer. Jeder Stoß schickte Stromwellen in meinen Schoß und ich klammerte mich an seinen Bizeps und schlang die Beine um seine Hüften, um ihn noch tiefer in mich zu holen. Noch tiefer und noch fester. Es war mir nicht genug. Und während wir uns in haltloser Ekstase ineinander verloren, brachen animalische Energien in ihm hervor. Er hatte sich bis zu diesem Punkt galant zurückgehalten, um mich besser kennenzulernen, aber jetzt, wo er wusste, dass ich für ihn flammte, ihn wollte, dass ich es härter brauchte, jetzt übernahm der Mann, der ECHTE Mann, in ihm das Ruder.

Schwungvoll rollte er mich auf den Bauch. Sein Mund senkte sich an mein Ohr. Seine Faust packte mein Haar, grob und dominant. Sein zufriedenes, arrogantes Lachen fuhr mir bis in den Beckenboden,

als er mich anhob und in Position brachte. Gnadenlos rammte er mir seine Erektion von hinten in meine Weiblichkeit. Und ich streckte ihm mit Hingabe meinen Hintern entgegen und es war noch wilder, als ich gedacht hatte. Seine Hüften zu spüren, seine Männlichkeit, seine Kraft. Ich verlor alle meine traurigen Leben in diesem Moment, der zeitlos und voller Erfüllung war. Ich stieg hoch und explodierte. Der Schrei auf meinen Lippen, war das letzte, was ich wahrnahm, ehe der Tiefenrausch folgte und ihm nach ein herrlicher Frieden.
AUS, MIA! AUS!
Mit einem enormen Kraftaufwand verließ ich meine glühenden Wachträume und kramte in der Tasche nach meinem Smartphone.
Beinahe hätte ich es fallen gelassen. Ich musste mich ablenken. Schnell! Musste sie loswerden, diese unfassbare Hitze in meinen Gliedern, diese Lust auf Sex mit Jan, auf seine Worte.
Denn was stand am Ende dieser Wortlust?
War es ein Ende?
Oder gar ein Anfang?
Ich wollte mit diesem Mann schlafen.
Tatsächlich wollte ich nur noch das.
Eine Berührung in der Wirklichkeit.
Ich wollte ihn.
Ihm nahe sein.
Scheiße, ich wollte von ihm gefickt werden.
Es war alles, was ich wollte.
Ich wollte das Buch meiner verlorenen Zeit zuschla-

gen und hinaustreten in die Weite des Lebens und nie wieder zurückkehren in die Isolation.

Und wenn ich mit Jan gevögelt hatte, dann würde ich mir ein neues Buch suchen oder keines mehr und vielleicht noch einmal mit ihm vögeln.

Ob er bemerkt hatte, wie sehr mich der gedankliche Sex mit ihm erregt hatte? Nein, das hatte er sicher nicht mitbekommen. Ich hatte ihm mit meiner germanistischen Maßregelung den Spaß an der Sache verdorben und ihm den Wind aus allen Segeln genommen. Hoffentlich war er sauer auf mich und schwirrte endlich ab. Bestimmt würde er seine Bemühungen einstellen. Darauf hoffte ich schwer.

Das war schon immer eine gute Taktik in der Mia-Welt gewesen. Wenn mir einer zu nahe kam, dann setzte ich einen Hieb und weg war er. Herrgott noch mal, was hatten nur alle mit dieser Nähe?

War sie das einzige Gut, das es in diesem Leben zu erreichen galt?

Wenn einer allein sein wollte, seine Ruhe haben wollte, dann schrie die Welt gleich auf: Seht her, mit dem da, mit dem stimmt was nicht.

Aber das stimmte nicht.

Mit mir war alles okay.

Ich wollte nur diese Nähe nicht, denn sie forderte zu viel von dem, was ich nicht geben konnte.

Jan war mir zu nahe gekommen und diese Verbindung zwischen uns, die würde ich jetzt mit ganzer Kraft zerschmettern. Wahrscheinlich würde ich mich dafür nicht mal anstrengen müssen.

Bestimmt zweifelte er keine Sekunde länger an meiner zu Schau gestellten Frigidität.

Ich atmete ein paarmal tief durch, entsperrte mein Smartphone, rief den Browser auf und verkroch mich in meinem heißgeliebten Duden. Begriffserklärungen, Wörterbücher, Synonyme, sie waren meins. Ich liebte es, die Herkunft von Worten zu kennen. Ein Wort durch Worte erklärt. Das war wie schweben auf einer Metaebene, die mich glücklich machte.

Ja, der Duden war mein Freund. In ihm war ich sicher vor der Außenwelt. Fürs Erste.

Ich hielt mich an ihm fest und spürte meiner Erregung nach, die sehr widerwillig verflog.

Hastig tippte ich *stemmen* ins Suchfeld ein und wartete auf das Ergebnis.

stemmen, **Wortart:** schwaches Verb

Definition 2a) mit großem Kraftaufwand sich, einen bestimmten Körperteil in steifer Haltung, fest gegen etwas drücken (um sich abzustützen oder einen Widerstand zu überwinden)

Ich ließ das Smartphone sinken.

Hm. Jan hatte das Wort korrekt verwendet. Ich hatte ihm unrecht getan. Es passte perfekt zu dem, was er hatte ausdrücken wollen. Aber die Schwingung, die stimmte nicht. Ich schloss die Augen und sagte das Wort ein paarmal leise auf.

Stemmen. Aufstemmen.

Es klang hart, es war männlich und erzeugte in mir unbehagliche Gefühle. Es war ein Gewalt-Wort. Sollte Jan mich um eine Erklärung bitten, ich könnte sie

ihm nun geben. Das Wort war zu maskulin schwingend, um es in Gegenwart einer Frau zu verwenden, mit dem Zweck, sie zu erregen. Es sei denn die Frau bevorzugte eine raue, leicht gewalttätige Gangart.
Das war natürlich etwas anderes.
Ich verließ etwas gefasster die Toilette, wusch mir im Vorraum die Hände im Waschbecken und starrte einen Augenblick in den Spiegel. Mein Hals war immer noch leicht gerötet, meine Wangen glühten.
Die Hitze auf meiner Haut wollte nicht weichen. Zwischen meinen Beinen pochte das Verlangen.
Tränen schimmerten in meinen Augen, als meine Angstsysteme hochfuhren und meine Schotten dichtmachten.
Was in mir wehrte sich so verzweifelt dagegen, das zu befreien, was in mir so sehnsüchtig zum Ausbruch kommen wollte?
Was sollte denn Schlimmes passieren, da draußen in der Wirklichkeit?
Wovor hatte ich so große Angst?
Es war mir doch schon alles passiert.
Und ich wollte es.
Mit Jan schlafen.
Mit ihm Sex haben.
Ich suchte seine Nähe.
Und die Wirklichkeit.
Eine echte Berührung.
Mit echten Händen.
Ich wollte mich fallen lassen.
Einmal nur.

Wie sehr ich es wollte.
Nur ein Mal.
Denn mein Leben war zur Hälfte vorbei und ich wollte nicht immer stark sein müssen, sondern auch mal schwach sein dürfen.
Und fallen.
Ich wollte fallen wie ein Herbstblatt im Wind.
Unaufhaltbar zu Boden segeln.
…
… einfach nur fallen …
…
…
… nur fallen …
…
…
… fallen …
…
…
… fallen …
…
…
… fallen …
…
…
…
Und dass dann jemand da war, der mich auffing.

JUDENPLATZ
JAN

Und wieder war sie mir entwischt.

Kopfschüttelnd blickte ich Mia hinterher. Sie stapfte mit energischen Schritten zu den Toiletten, ohne zu registrieren, wie ihr die bewundernden Blicke aller Männer folgten.

Diese Frau war wirklich schwer zu knacken und das machte mich einerseits mürbe, andererseits erregte es mich auch über alle Maßen.

Wie Mia ihre Krallen ausfuhr, sich wehrte, mir die Stirn bot, mich provozierte. Ihr Körper wollte mich längst, aber ihr Verstand errichtete Hochburgen, die es nun zu überwinden galt. Hoffentlich würde ich mich später zurückhalten können und sie nicht überfordern, wenn wir uns wirklich näherkamen, denn mittlerweile stand mein ganzer Körper unter Strom und es juckte mich in den Händen, mir mit ungezügelter Leidenschaft zu holen, was ich so unbedingt haben wollte.

Ich winkte den Barmann herbei und beglich die Rechnung, damit wir nach der Rückkehr aus ihrem Versteck – sie war schon ewig auf der Toilette – zügig aufbrechen konnten. Wenn Mia geglaubt hatte, dass mich ihre philologischen Belehrungen bremsen würden, dann hatte sie sich getäuscht. Ich war ein verdammt guter Menschenkenner und verstand es hervorragend, die Körpersprache eines Menschen zu entziffern. Alles an Mia Sommers Gehabe hatte mir verraten, wie sehr mein Gerede über Offenbach sie erregt hatte. *Aufstemmen* hin oder her.

Ihr Protest war nur ein Vorwand gewesen, um aus dem sexuellen Netz auszubrechen, das – seit wir die Weihnachtsfeier verlassen hatten – seine Fäden um uns spannte. Enger und enger. Jeder meiner Sätze war Mia unter die Haut gegangen. Ich hatte sie gefickt, mit Worten. Und jetzt hatte ich mich genau da festgesetzt, wo ich schon den ganzen Abend lang hingewollt hatte: in ihren Kopf.

Ich war in jedem von Mias Gedanken. Und was wir in diesem Denkraum taten, geschah bereits ohne Tabus, ohne Grenzen und frei von Angst.

Sie war fällig.

Das wusste ich.

Das wusste sie.

Jetzt hieß es nur, das Spiel weiterzuführen und dafür zu sorgen, dass Mias Erregungskurve und ihr Interesse nicht abflachten. Da sie immer noch nicht auftauchte, sondern auf der Toilette blieb, um sich zu sammeln und – wie ich annahm – abzukühlen, beschäftigte ich mich damit, auf meinem Smartphone unseren genauen Standort auszumachen. Wir waren nur einen Katzensprung von der Innenstadt entfernt, in der ich mich mittlerweile ganz gut auskannte. Mein Hotel befand sich auf unmittelbarer Luftlinie gegenüber des Restaurants, was einen Fußmarsch durch das Zentrum von Wien bedeutete. Das waren unüberbrückbare Distanzen. Bis dahin hätte Mia es sich hundertmal anders überlegt. Ich musste sie sofort auffangen, jetzt sofort, wenn wir beide noch in dieser Stimmung waren.

Endlich kam sie zurück. Ich blickte ihr schon von Weitem entgegen und saugte jede ihrer Bewegungen in mich auf. Sie war so schön.

Der elegante Schwung ihrer Hüften.

Ihr volles, langes Haar.

Ihre Augen, in denen ein Sturm alle Schiffe zum Kentern gebracht hatte, auch die großen, auf denen die Angst segelte.

„Jan, ich möchte gehen", sagte sie ruhig, als sie vor mir stand. „Bitte, ich … ich will nach Hause. Mir ist das zu intensiv mit uns beiden, ich muss gehen."

„Das ist bedauerlich, aber ich füge mich natürlich deinen Wünschen. Die Rechnung habe ich bereits beglichen."

„Oh, danke, das ist nett von dir."

„Das war doch das Mindeste, was ich tun konnte, nachdem du mir die fürchterliche Maria Theresia spendiert hast."

Ich erhob mich und deutete ihr mit einer Handbewegung an, dass ich ihr folgen wollte. Wir holten an der Garderobe unsere Mäntel und begaben uns zu den Aufzügen.

„Hier drüben kannst du noch mal über die Stadt blicken. Möchtest du?", fragte sie.

Ich nickte und sie dirigierte mich zur verglasten Außenwand des Lofts.

Der Ausblick über Wien war atemberaubend.

Berauschend. Ich pfiff durch die Zähne.
Zu unseren Füßen lag ein Lichtermeer, mit schneebedeckten Dächern und rauchenden Schornsteinen. In der Ferne schimmerten Kirchtürme, blinkten Hochhäuser. Ich sah das Riesenrad, umrahmt vom bunten Leuchten der Fahrgeschäfte des Wiener Praters. Die Musik aus dem Restaurant drang gedämpft an mein Ohr, durchdrungen vom Gemurmel der Gäste und dem Klappern von Geschirr und Besteck.
Unsere Schemen spiegelten sich in den dunklen Scheiben wider, kratzten an den winterlichen Wolken und der Wind wehte um das Gebäude, ohne es zu bewegen.
All i want for Christmas is you.
Es war ein sehr stiller und romantischer Moment, in dem wir festhingen wie zeitlose Moleküle in der Warteschleife des Lebens.
„Ich verliebe mich", sagte ich zu ihr.
Sie sah mich fragend an.
„In diese Stadt", fügte ich hinzu.
In diese Stadt und Mia.
In Mia und diese Stadt.
Sie waren beide unerträglich schön und unerreichbar fern.
Mia lächelte zu mir hoch. Ich lächelte zu ihr hinab.
Und ihre blauen Augen veränderten die Farbe.
Aber welche Farbe es war, mein Gott, ich konnte es nicht festmachen.
War es Grau oder Blau oder das Grün, wenn sich ein Strahl der Sonne im Wasser brach?

Ich fiel. In die Tiefe.
Aber es machte mir nichts aus.
Im Gegensatz zu Mia hatte ich keine Angst vor den Höhen des Lebens. Ich liebte die Herausforderung.
Mia drehte ihren Kopf, sah die Stadt an, sah mich an und ich kenterte hilflos mit meinem Boot, mit dem ich gedankenlos in den Strudel der Ekstase hatte fahren wollen. Die Wellen in Mias Augen erfassten mich und alles im Umkreis von hundert Leben ertrank. Schwerelos trieb ich auf dem Ozean, einem neuen Ufer entgegen.
Und nun? Was nun?
Orientierungslos paddelten meine Arme und Beine durch die Schaumkronen.
Plötzlich war da eine externe Weite in meinem Brustraum und eine interne Enge in meinen Lungen.
Und es gab keinen Anker, der einen Atemzug für mich zurückhielt, damit ich umkehren konnte.
Ich taumelte, aber Mia durchbrach meinen gefühlsschwangeren Schwindel mit einem Satz, in dem Entschlossenheit und Distanz gleichermaßen mitschwangen.

„Ich will gehen", sagte sie.

„Okay, wir gehen."

Sie entglitt mir. Langsam und mit jedem Schritt, den wir wieder auf festen Boden setzten, verlor ich sie. Und mit ihrem Weggehen verlor sich auch die Lust auf Sex, die ich vorhin noch so stark verspürt hatte.

„Wohin?", fragte ich, als wir uns der U-Bahn-

Station am Schwedenplatz näherten.

„Ich muss da runter", sagte sie. „Zur U4."

„Ich begleite dich."

Sie schüttelte den Kopf. „Jan, das ist nicht notwendig. Ich brauche deine Hilfe nicht."

„Bitte, lass mich mitkommen. Nur bis zur Endstation. Es ist längst nach Mitternacht und die üblen Gestalten kreuchen und fleuchen schon aus ihren Löchern. Du hast doch gesagt, dass du dich vor ihnen fürchtest. Ich möchte, dass du sicher nach Hause kommst."

„Nein, das geht schon", wehrte sie mich ab.

Ich seufzte verhalten.

Ihr Starrsinn war zum Haare raufen.

Wer würde schneller nachgeben? Sie oder ich?

„Was spricht denn eigentlich gegen ein Taxi?", fragte ich. „Ein Taxi ist viel sicherer."

Sie schüttelte sich. „Oh Gott, nein! Ich fahre niemals Taxi. Die Wiener Taxler sind sowas von grauslich. Vor denen fürchte ich mich mehr als vorm U-Bahnfahren. Die sehen alle aus wie Serienkiller."

„Ich fahre mit dir ", schlug ich vor. „Ich bezahle die Fahrt, wenn du einverstanden bist. Dann hast du keine Mehrkosten." Sie guckte skeptisch, aber immerhin widersprach sie mir nicht. „Keine Sorge, ich steige auch nicht aus", beruhigte ich sie. „Ich bleibe sitzen und fahre mit dem grauslichen TaxLer wieder zurück in die Stadt und hoffe, dass er mich nicht serienmäßig umbringt. Jetzt, wo ich weiß, dass die Deutschen in Österreich nicht sehr beliebt sind."

Sie funkelte mir entgegen, denn es war ihr natürlich nicht entgangen, dass ich ihr L nachgeäfft hatte.

„Du gibst wohl nie auf", murrte sie.

„Warum sollte ich? Wenn ich etwas haben will, dann will ich es haben. So einfach ist das. Außerdem geht es hier ja um die Sicherheit einer schönen Frau und nicht darum, mein Ego zu befriedigen. Ich könnte mir das niemals verzeihen, wenn dir heute Nacht etwas zustößt. Dafür ist mein Beschützerinstinkt zu ausgeprägt."

Ihre Gesichtszüge entspannten sich und sie deutete ein Lächeln an. Ich hatte anscheinend genau das Richtige gesagt. Verdammt, es war so simpel. Diese unglaubliche Frau liebte Worte und ich brütete stumm vor mich hin, anstatt mit ihr zu reden und ihr Komplimente zu machen.

„Du könntest mir noch etwas von Wien zeigen", schlug ich vor, nachdem ich die lange Wagenkolonne an Taxis gesehen hatte, die auf dem Schwedenplatz parkte und auf Fahrgäste wartete. Mir blieben nur noch Minuten, ehe wir den Heimweg antreten mussten. Das war mir zu wenig.

Verdammt, ich verlor sie. Würden wir erst einmal auseinandergegangen sein, würde Mia ihre stacheldrahtigen Mauern hochziehen und dann hatte ich keine Chance mehr, in sie zu dringen. Keine.

Warum sollte gerade ich in dieses vertrackte Wunderland gelangen, wenn nicht einmal sie jemals einen Ausweg gefunden hatte?

„Ich dachte, wir fahren Taxi", sagte Mia. „Wieso

willst du plötzlich weiterziehen? Du änderst ja sekündlich deine Meinung. Jan, ich will nach Hause."

„Wir müssen nicht hier am Schwedenplatz in ein Taxi steigen, wir können beispielsweise eines an der Staatsoper nehmen. Was meinst du?"

Ich versuchte, meine Stimme bewusst ruhig zu halten, um ihr nicht zu zeigen, wie dringend ich sie haben wollte. „Wir könnten noch ein letztes Mal durch die Innenstadt schlendern. Als Krönung für einen wunderschönen Abend. Ich genieße deine Gesellschaft, Mia. Ich möchte noch mehr Zeit mit dir verbringen. Und ich WILL das mehr, als ich mit Worten ausdrücken kann."

Ich intensivierte meinen Blick, der sie in Ketten legte. Ich konnte extrem dominant sein, wenn ich das wollte. Subtil beherrschend. Und es fiel mir nicht schwer, diese Seite auf Knopfdruck zu aktivieren. Ich starrte Mia in Grund und Boden. Mein Blick nagelte sie erbarmungslos fest.

Kämpfe, Mann! Und setz, verdammt noch mal, deinen Charme dafür ein. Das seichte, leichte Spiel der letzten Jahre hat dich träge werden lassen.

„Komm schon, Mia", raunte ich ihr zu. „Schenk mir einen letzten Spaziergang durch die Stadt. Danach lasse ich dich in Ruhe. Ich gebe dir mein Wort."

Ich senkte meine Stimme und malte mir aus, wie ich ihren Willen nur mit der Kraft meiner Gedanken bezwang. Ich würde sie so lange mit meiner männlichen Energie beschießen, bis sie in ihrer Weiblichkeit zerfließend Ja sagen würde. Es würde ihr keine andere

Wahl bleiben, als sich mir zu fügen. Ich war viel zu stark. Während sie überlegte, vertiefte ich meine Atmung und visualisierte, wie meine Aura sie umwanderte, einkreiste und dann mit unsichtbaren Seilen an mich fesselte.

„Ja", hauchte sie. „Aber an der Oper ist dann Schluss für heute. Deal?"

„Deal", erwiderte ich und atmete laut aus.

Sie kaute grübelnd auf ihrer Unterlippe. Am Pochen ihrer Halsschlagader konnte ich erkennen, dass sich ihre Erregung gesteigert hatte. Und auch mich fluteten wieder Wellen der Lust, die noch heftiger waren, als jene über den Dächern Wiens.

„Was willst du denn noch sehen?", fragte sie leise. „Willst du direkt über den Stephansplatz und dann über die Kärntner Straße laufen?"

„Gibt es vielleicht ein Denkmal von einem deiner Lieblingsdichter?", fragte ich. „Dann könnten wir an diesem vorbeispazieren. Den Stephansplatz kenne ich nämlich schon zur Genüge."

Innerlich gratulierte ich mir zu diesem Vorschlag. Eine Germanistin fing sich am leichtesten mit Poesie, Dichtern und Büchern ein.

Aber Mia war nicht dumm, tatsächlich schätzte ich sie als hochgradig intelligent ein, sie schüttelte den Kopf und lachte.

„Jetzt willst du also meine liebsten Dichter sehen? Aha. Das ist ja interessant. Und bestimmt denkst du, dass mich das ur beeindruckt hat und dass ich jetzt mit meinem nassen Höschen völlig vergesse, in ein

Taxi zu steigen und stattdessen am Kärntner Ring in *The Ring* steige und dich besteige."

„Ich lasse eben nichts unversucht, meine Liebe", erwiderte ich mit meinem charmantesten Lächeln, obwohl mir mehr der Sinn danach stand, ihr für diese sarkastische Bemerkung den Arsch zu versohlen.

„Schon gut, Jan", lenkte sie ein. „Ich gehe gerne noch ein Stück mit dir spazieren, du musst mich nicht mit Dichtern ködern. Ich mag deine Gesellschaft zufällig auch sehr gern und in Wahrheit wollte ich dich nur ein wenig provozieren, weil mir das so Spaß macht."

DAS habe ich bemerkt, du süßes Miststück.

Ich erwiderte nichts darauf und sie redete weiter wie ein Wasserfall.

„Ich finde deinen Vorschlag mit dem Dichter-Denkmal sehr schön und ich habe auch schon eine Idee, wohin wir gehen könnten, und zwar auf den Judenplatz. Ich zeige dir dort das Lessing Denkmal. Wir müssen die Rotenturmstraße hoch und dann rechts über den Hohen Markt. Lessing ist jetzt nicht mein Lieblingsdichter, aber ich habe meine Deutsch-Matura über *Emilia Galotti* geschrieben, das war schon alles, was ich von Lessing gelesen habe. Nein, warte, *Nathan der Weise*, das Stück habe ich begonnen, aber nie fertig gelesen und das, obwohl mich der Toleranzgedanke darin begeistert hat. Und falls du dich jetzt fragst, was eine Matura ist … so sagen wir Österreicher zum Abitur. Nicht, dass du mir wieder *Lost in Translation* gehst. Das schönste Denkmal in Wien ist übrigens das von Goethe, das ist am Ring und das könnte ich dir auch zeigen, wenn du magst, das liegt gleich bei der Staatsoper, wo wir ja sowieso hinmüssen. Denn WIR wollen ja dort verlässlich in ein Taxi steigen, nicht wahr? Und auf dem Weg zum Judenplatz kannst du mir erzählen, welches Buch du zuletzt gelesen hast."

Wir spazierten die belebte Rotenturmstraße hoch und bogen in den Lichtensteg ab, in dem sich weit weniger Menschen tummelten.

„Was ist los?", durchbrach sie unser Schweigen. „Fällt dir kein Buch ein, weil du mir nicht antwortest?"

„Ich hole mir mein Wissen lieber online", erwiderte ich. „Mein letztes Buch, also eines mit Seiten und aus echtem Papier, war ein Wälzer über Social Media Marketing, mit Schwerpunkt Facebook und Twitter. Und ein Buch über Growth Hacking, das mir ein Freund geliehen hat."

„Und was war dein letztes literarisches Werk?"

„*Die Leiden des jungen Werther.*"

„Was? Echt?", rief sie bewundernd aus.

„Ja, aber das war dann wohl vor dreißig Jahren bei meiner M-a-t-u-r-a. Dieses Wort ist zu abartig, um es nicht im österreichischen Sinne in die Länge zu ziehen." Ich lachte über ihren erbosten Blick.

„Och, jetzt lass doch mal das mit dem Österreichisch", rügte sie mich. „Das ärgert mich so. Ich hab wahrlich genug Komplexe wegen meines Dialekts."

„Wieso? Der ist doch niedlich."

„Ich will aber nicht niedlich sein, sondern eloquent und intellektuell auf andere Menschen wirken. Ich bin Kommunikationswissenschaftlerin und keine Sängerin aus dem Musikantenstadl."

Ich lachte. „Dein Dialekt ist eine Tatsache, der du dich stellen musst, Mia. Für deutsche Ohren klingt es herzerwärmend, wenn du sprichst. Und ja, auch niedlich. Aber wenn du schweigst, bist du atemberaubend. Elegant, begehrenswert, unnahbar, wunderschön. Diese Kombination raubt mir den Verstand. Und nicht nur mir, wie ich annehme."

Sie sagte nichts darauf, aber ich konnte sehen, wie sie ein Lächeln in ihrem Mantelkragen versteckte.

Auf dem Judenplatz angekommen steuerten wir das Denkmal an, das Lessing in aufrechter und stolzer Pose zeigte. Mein Blick schweifte interessiert umher und blieb an einem großen Betonblock haften, dessen Anblick mir einen kalten Schauer über den Rücken jagte.

„Was ist das?", fragte ich.

Ohne Mias Erklärung abzuwarten, ging ich auf das eigenartige Gebilde zu. Mia ließ Lessing links liegen und folgte mir. Wir näherten uns dem etwa vier Meter hohen und sieben Meter breiten Kubus und blieben davor stehen. Ich hörte Mia atmen. Atmete sie schwerer als sonst? Sie sagte nichts und die Stimmung, in die wir fielen, war eigenartig schwer.

Eine eiskalte Stille zog auf. In den Fenstern gegenüber entdeckte ich beleuchtete Judensterne.

Die Scheinwerfer auf den Dächern warfen unsere

Schatten auf den grauen Stahlbeton und plötzlich waren wir keine Menschen mehr, sondern nur noch zwei namenlose Gestalten in einer kalten Winternacht. Ein Deutscher und eine Österreicherin.

„Das ist das Mahnmal für die österreichischen jüdischen Opfer der Schoah", flüsterte Mia.

„Aha", sagte ich.

Ein Mahnmal also. Eine Gänsehaut lief an meinen Armen hinunter, als ich näher trat und die Außenwände des Kubus in Augenschein nahm.

„Soll das eine Bibliothek darstellen?", fragte ich.

„Ja", antwortete Mia. „Eine Bibliothek, deren Bücher nach innen gerichtet sind."

Sie klang leise, verunsichert.

Ich musterte ihr Gesicht. Ihr Blick hatte sich ebenso nach innen gerichtet und sie war blass im Schein der Laternen. Mein Atemhauch verlor sich in der Nacht, weil ich etwas Bedeutungsschweres sagen wollte, aber keine Worte fand. Ich spürte, dass wir uns einer Wahrheit näherten, ohne sie gesucht zu haben. Unser Umweg über den Judenplatz hatte uns an den richtigen Ort geführt.

Alles geriet in Bewegung.

„Das sind Bücher", sagte Mia. Ihre Stimme warf sich über den Platz, ein heiseres Echo, in dem ein Anflug von Angst zitterte. Im Hintergrund hörte ich Schritte, ein Hund bellte in der Ferne und eine Frau rief irgendeinen Namen. Wir waren nicht allein an diesem Ort und doch waren wir es.

„Die Wände dieses Mahnmals wurden als Bibliothekswände gestaltet, die verkehrt herum sind. Du siehst hier Regale mit endlos vielen Ausgaben eines Buches und es scheint, als ob es ein und dasselbe Buch ist. Aber das stimmt nicht. Es sind verschiedene Bücher. Die Titel auf den Buchrücken befinden sich im Inneren der Bibliothek. Sie sind Sinnbild für die Lebensgeschichten der vielen Opfer. Da diese Menschen so grausam sterben mussten, konnten ihre Geschichten nicht mehr erzählt werden und bleiben daher im Verborgenen. Sie sind weggesperrt. Für immer." Sie zeigte auf die großen Flügeltüren der Bibliothek aus Stein. „An den Türen fehlen die Klinken."

„Das sehe ich. Und was bedeutet das?", fragte ich.

Und dann geschah etwas mit Mia.

Ihre abrupte Ergriffenheit schwappte auf mich über, so rasend schnell, dass ich von plötzlicher Traurigkeit überwältigt wurde. Ich hätte weinen können, als mir bewusst wurde, dass wir nicht nur vor einem Mahnmal der deutsch-österreichischen Geschichte, sondern auch vor Mia selbst standen. Mein Hals zog sich zusammen. Rasch schluckte ich gegen den Kloß an, um ihn wieder loszuwerden.

„Warum haben diese Türen keine Klinken?", hakte ich nach.

Mia starrte wie paralysiert auf den Betonbunker.

„Weil dieser Zustand … er ist … er ist … unveränderlich", sagte sie und dann hörte ich sie leise aufschluchzen.

„Ist schon gut, Mia. Komm her."

Ich streckte meine Hand nach ihr aus, um sie in

meine Arme zu ziehen, aber sie wich zurück.

„Ich muss gehen", krächzte sie erstickt. „Ich kann das nicht sehen. Ich … das halte ich nicht aus. Es ist so traurig."

Überhastet stürmte sie davon.

Ich blieb zurück und starrte auf die großen Flügeltüren, in denen sich anstatt der Klinken zwei schwarze Löcher befanden, die mich verhöhnten.

Oh Mann, dachte ich, während sich die Kälte durch alle Schichten meiner Kleider fraß. *Meine Bemühungen um diese Frau laufen ins Leere. Niemand öffnet eine Tür ohne Klinken von außen. Niemand. Sie muss von innen aufgestoßen werden, wenn das, was im Verborgenen liegt, endlich befreit werden soll.*

HOTEL ORIENT
MIA

Ich wollte davonlaufen. Flüchten. Rennen. Es war etwas, das ich gerne tat. Laufen. Kilometerweit konnte ich einfach so dahinlaufen. In der schnellen Fortbewegung meines Körpers gelang es mir, meine Grenzen auszuloten. Ich konnte meinen Körper spüren, wenn die Muskeln in ihm arbeiteten. Ich preschte auf die Wipplingerstraße hinaus, ohne mich nach Jan umzusehen. Ob er mir folgte?

Gewiss war er mir dicht auf den Fersen. Atemlos hielt ich an. Würde er den Weg zu seinem Hotel finden, wenn ich mich jetzt auf und davon machte? Und wenn er sich in Wien verirrte? Dann würde er vielleicht eine andere Frau nach dem Weg fragen und mit ihr weitergehen. Und was tat ich dann, wenn Jan plötzlich weg war? Wenn er zu einem Buch in meinem Regal wurde, das ich durchgeblättert und weggelegt hatte, ohne es jemals zu lesen.

Ich schüttelte den Kopf. *Blödsinn, Mia. Jetzt reiß dich zusammen. Jan ist ein erwachsener Mann, er findet sich in Wien zurecht. Es muss dir egal sein. Atme durch.*

Was musste er nur von mir denken?

Vielleicht sollte ich ihm erklären, was in mir vorging. Aber was sollte ich zu ihm sagen? Ich konnte ja selbst nicht begreifen, was eben mit mir geschehen war. Der Blick auf das Mahnmal hatte mich verrückt. Die Geschichte der toten Juden war wie ein Stoß gegen meine eigenen Bücherregale gewesen. In Wahrheit hatte ich Jan von mir erzählt, es waren meine Bücher, meine Geschichten gewesen, die niemals jemand gesehen hatte und jetzt purzelten die Bücher in meinem Innersten durcheinander. Dieses Chaos, mit dem konnte ich nicht umgehen. Ich brauchte Ruhe und Stille und dann musste ich die Bücher wieder einsammeln und aufheben und in die Regale zurückstellen. Sie hatten ihren exakten Platz im System und nur ich wusste, wo dieser Platz war.

„Mia", sagte Jan hinter mir. „Lauf nicht weg."

Wie hatte er es nur so schnell geschafft, mich einzuholen? Ich wirbelte zu ihm herum.

Mit eiskalten Fingern massierte ich meine Stirn, hinter der ein Orkan wütete. Ich durfte dem Deutschen nicht zeigen, was ich eben gesehen hatte. Es war eine Erkenntnis, die so unfassbar groß war, dass ich mir Zeit nehmen musste, um sie selbst zu ergründen. Seit fast vierzig Jahren lebte ich in einer Bibliothek aus Beton, ohne Türklinken.

Diesen Gedanken ertrug ich nicht, diese Wahrheit. Ich musste von mir ablenken oder ich würde zusammenbrechen. Und das wollte ich nicht. Nicht vor Jan. Er sollte nicht erkennen, wie schwach ich war. Am Ende nutzte er das noch aus. Und was sollte ich dann tun, wenn er die bösen Worte fand und sie aussprach? Dann würde ich nicht stark genug sein, um sie auszuhalten. Ich streckte meinen Rücken durch, zog meine Schultern nach hinten und reckte das Kinn nach oben.

So ist es gut, Mia. Zeig ihm auf keinen Fall, wie verletzlich du bist.

„Ich würde vorschlagen, wir gehen jetzt weiter über den Tiefen Graben am Wiener Lustspielhaus vorbei und zurück …"

„Mia", unterbrach er mich. „Lenk nicht vom Thema ab. Ich sehe doch, wie aufgelöst du bist. Rede mit mir. Ich bin ein guter Zuhörer … jetzt roll nicht mit den Augen, ich mache keinen Scherz, es ist die Wahrheit. Ich höre dir zu. Aber du musst mit mir reden."

Ich stemmte die Hände in die Hüften. „Und worüber sollte ich deiner Meinung nach reden?"

„Über das, was du gesehen und gefühlt hast, beim Blick auf das Mahnmal."

„Ich habe nichts gesehen."

„Aber ich."

„Und was hast du gesehen?", fragte ich unwirsch.

„Dich, Mia."

Ein Stein sackte in meinen Magen. Unausweichlich und schwer. Jan hatte mich gesehen. Wie war das möglich, wo ich selbst Jahrzehnte für diese Erkenntnis gebraucht hatte? Entschlossen ging ich weiter. Jan neben mir vibrierte vor Ungeduld.

„Das lasse ich nicht zu", knurrte er. „Dass du mir jetzt ausweichst."

„Tja, und was willst du dagegen tun? Mich zum Reden zwingen?"

„Mach die Türen auf!"

„Wie bitte? Welche Türen denn?"

„Du verstehst schon. Mach die Türen auf. ICH

kann sie nicht öffnen, denn es gibt keine Klinken. Du musst sie von innen aufstoßen und herauskommen."
Ich erzitterte innerlich. Die Mauern rund um mich erbebten. Seine Worte erschütterten mein Fundament. Die Türen. Warum war ich nicht früher draufgekommen? Ich musste sie aufmachen.
Aber wie?
Ich bog an der Kreuzung ab und tauchte in den Tiefen Graben ein. Nach ein paar Metern hielt ich inne.
„Auf der gegenüberliegenden Seite befindet sich das Hotel Orient", plapperte ich im Ton eines Fremdenführers. „Es ist das älteste und bekannteste Stundenhotel Europas. Also, zumindest behaupten die Wiener das. Aber gut, es ist schon sehr speziell. Mann sollte es kennen und mindestens einmal in ihm gevögelt haben. Mann mit zwei N geschrieben, wohlgemerkt."
Mein Ablenkungsmanöver funktionierte tadellos. Jans eindringlicher Blick löste sich von mir und blieb an der Fassade des Hotels hängen.
„Hotel Orient", murmelte er. „Hab schon das eine oder andere davon gehört." Ein verwegenes Grinsen zuckte um seine Mundwinkel.
Ich starrte auf die Außenfassade des Hotels, musterte das verschnörkelte Jugendstil-Vordach, den goldenen Schriftzug, die rote Fußmatte. Hotel Orient.
Und plötzlich hatte ich eine Idee, wie ich die klinkenlosen Türen öffnen konnte.
Sollte die Lösung wirklich so profan sein?
Während meine Gedanken Formen der Lust annahmen und zu einem festen Entschluss mutierten, kam

die Angst herangekrochen. Sie schlich sich aus den Wasserlacken an meinen Beinen hoch, schlängelte sich mein Rückgrat entlang und nistete sich in meinem Nacken ein. Ich erschauerte. Es war die nackte, pure Angst, in ihrer reinsten Form. Sie schrie mich an, von allen Seiten. Ich wollte laufen. Bis zur Endstation.

Energisch wischte ich die Angst beiseite.

Hau ab! Ich lebe in einem Bunker und ich will endlich raus.

Vielleicht war der Deutsche ja meine langersehnte Befreiung. Würde sein In-mich-stoßen die Türen aufstoßen?

„Wir gehen da jetzt rein", sagte ich bestimmt.

Jan zog die Augenbrauen hoch.

„Ein interessanter Vorschlag."

„Jan, es ist mein voller Ernst. Ich will da rein mit dir. Sofort!"

Skeptisch musterte er mich und ich fühlte mich augenblicklich durchleuchtet.

„Sicher?", fragte er.

„Ja", krächzte ich.

Mein Herzschlag raste. Meine Knie wurden weich.

Jan fackelte nicht lange rum.

„Nach Ihnen, Frau Sommer", sagte er.

Der nackte Angstschweiß brach mir aus, während ich halbentschlossen die Straße überquerte und über die Treppe ins Innere des Hotels stolperte. Jan war dicht hinter mir. Ich konnte ihn riechen, seine Nähe spüren. Sein Arm berührte den meinen, als er an mir vorbeilangte, um mir beim Öffnen der Tür zu helfen.

Wir betraten die kleine Vorhalle und ich fühlte mich sofort in eine andere Zeit versetzt. Die hohen Wände waren mit einer dunklen Holzvertäfelung verkleidet und der helle Marmorboden zu unseren Füßen glänzte frisch poliert. Über unseren Köpfen hing ein pompöser Kronleuchter, dessen Licht mich blenden wollte. *Mia, du machst dir was vor.* Zu unserer Linken befand sich der Eingang zur Hotelbar, die durch ihre verspiegelten Wände riesig wirkte, in Wirklichkeit aber klein und plüschig rot war.

Rechter Hand war ein winziger Raum, in dem die Rezeption untergebracht war.
Ich nahm allen Mut zusammen und trat scheinbar selbstbewusst an das Pult.

„Guten Abend, die Herrschaften", näselte der Mann, der dort auf einem Stuhl saß und in einen Computer glotzte. Er erhob sich und schloss den untersten Knopf seines schwarzen Sakkos.

„Wir hätten gern ein Zimmer", presste ich hervor.

„Sehr wohl, gnädige Frau. Haben Sie Präferenzen? Jede unserer Zimmertür öffnet sich in eine andere Welt. Wonach steht Ihnen der Sinn? Romantisch? Imperial? Orientalisch? Dark?"

Das überforderte mich. Keine Ahnung, in welche Welt ich meine Türen öffnen wollte.

Hilfesuchend drehte ich mich nach Jan um, auf dessen Gesicht ein unergründlicher Ausdruck lag.

„Ist die Kaiser-Suite frei?", fragte er.

„Die ist frei", antwortete der Mann an der Rezeption. „Auf welchen Namen darf ich reservieren?"

Die Frage war an mich gerichtet.

Von einem Artikel, den ich einmal in der Zeitung gelesen hatte, wusste ich, dass im Hotel Orient ausschließlich Pseudonyme benutzt wurden.

Fieberhaft suchte mein Gehirn nach einem Namen, aber mir fiel nur der Judenplatz ein, auf dem wir eben gewesen waren.

Lessing. Das Dichter-Denkmal.

„Mein Name ist Emilia Galotti und das ist …" Ich blickte von dem Hotelangestellten zu Jan, der irgendwie schuldbewusst dreinblickte. Jetzt dämmerte mir, was er mir indirekt durch die Wahl des Zimmers verraten hatte. Der Mistkerl war schon mal hier gewesen. Er kannte die Kaiser-Suite. Wahrscheinlich waren ihm die anderen Zimmer auch ein Begriff. Ärger stieg in mir hoch. Das würde er büßen. Ich würde ihn später zur Rede stellen. Nein, ich würde bestimmt nicht die zehnte Frau sein, die in der Kaiser-Suite ihr feuchtes Höschen für ihn lüftete. „Mein Begleiter ist der intrigante Prinz Hettore Gonzaga", zischte ich, ehe Jan einen Namen nennen konnte. Ich hatte sowieso keine Lust, sein geläufiges Pseudonym zu erfahren. Wahrscheinlich benutzte er bei jedem Besuch ein anderes.

Der Mann an der Rezeption verzog keine Miene, während er unsere Namen notierte. Bestimmt hatte er schon skurrilere Dinge erlebt.

Er wandte sich um und zog einen Schlüssel aus einem Regalfach. „Frau Galotti, Herr Gonzaga. Die Kaiser-Suite befindet sich im Erdgeschoss. An der Treppe links. Das Zimmer steht Ihnen für drei Stun-

den zur Verfügung. Wenn Sie verlängern wollen, dann rufen Sie mich an und …"
Ich hörte nur mit einem Ohr zu, während die aufsteigende Panik ein Rauschen durch meine Adern jagte. Mir wurde schwindlig.
Es gab nun alles, nur kein Zurück mehr.

Die Kaiser-Suite machte ihrem Namen alle Ehre. Nachdem ich Bernhards Monsterboots und meinen Mantel ausgezogen hatte, streifte ich durch die Räume, die in dunklem Bordeauxrot gehalten und mit exquisiten Antiquitäten eingerichtet waren. Alles wirkte gediegen, überall waren Plüsch und goldene Verzierungen, Marmor und gedimmte Kristalllüster. Eine rote Chaiselongue lud zu lustvollen Spielen ein. Die schweren, samtenen Vorhänge, die vor die hohen Fenster gezogen waren, verbargen uns vor dem Blick eines Gegenübers. Ich betrat das Schlafzimmer und seufzte bei dem Anblick. Über dem Kamin, auf dem eine Marmorbüste Kaiser Franz Josephs thronte, hing ein goldener, barocker Spiegel, der nicht nur den Raum vergrößerte, sondern einen Rundumblick ermöglichte. Überall waren Spiegel. Auch an der Zimmerdecke haftete einer, mit direktem Blick auf das große Bett. Von den Tapeten warfen sich rote Muster in den Raum und der kuschelige Teppich dämpfte jeden meiner Schritte. Mein Gott, noch nie war ich in eine derart verruchte und sinnliche Atmosphäre getaucht. Ich zog den Baldachin des Bettes zur Seite und begutachtete die sorgfältig gefaltete Bettwäsche.

Man konnte die Vorhänge des Himmelbetts schließen und sich eine Art frivole Höhle kreieren. Wie romantisch. Ich betrat das Badezimmer, in dem mir eine große Badewanne ins Auge stach. Wahnsinn! In ihr konnte man locker zu zweit im warmen Wasser liegen und entspannen.

Als ich zurück ins Schlafzimmer kam, stockte mir beim Anblick von Jan, der nicht nur seine Schuhe und seinen Mantel, sondern auch sein Jackett ausgezogen hatte, der Atem. Er machte sich an den Manschettenknöpfen seines Hemdes zu schaffen und sah dabei zum Anbeißen gut aus.

„Gefällt es dir hier?", fragte er rau.

„Es ist beeindruckend."

„Diese Suite ist wirklich klasse."

„Ziehst du dich jetzt aus?", wisperte ich.

Meine Kehle verengte sich. Ich bekam kaum noch Luft. Jan antwortete nicht. Er kam langsam auf mich zu, mit diesen hungrigen Schokoladenaugen. Ich trat den Rückzug an, bis ich mit dem Rücken gegen die Tapete stieß. Am liebsten hätte ich mich aufgelöst, um mit den roten Ornamenten eine Symbiose einzugehen. War das nicht in einem Buch gewesen? Da war die Protagonistin am Ende allen Leids in die Wände gegangen. Vielleicht würde mich ja der Teppich wie Treibsand verschlucken und dann war ich weg. Verschwunden.

Jan stand dicht vor mir und ich kniff die Augen so fest zusammen, dass es bestimmt aussah, als würde ich anstatt eines Kusses einen Schlag erwarten.

Sein Atem kitzelte meine Wange.

„Nicht", hauchte ich. „Bitte nicht."

„Mach die Augen auf", sagte er. „Hörst du mich? Hallo, Mia! Du kannst die Augen wieder öffnen. Ich werde dich nicht anfassen, okay? Ich berühre dich nicht."

Jan entfernte sich und ich schlug meine Lider erst auf, als ich die Gewissheit hatte, dass er einen großen Abstand zwischen unsere Körper gebracht hatte. Scheinbar lässig saß er mir gegenüber auf dem Bett, einen Fuß auf seinem Knie abgelegt. Seine Stirn hatte sich in Falten gelegt.

„Bist du als Kind missbraucht worden?" fragte er.

In meinem inneren Land herrschte eine Leere wie kurz vor einem Tsunami, wenn das Meer sich in sich selbst zurückzog. Ich lehnte an der Wand, meine schwitzenden Handflächen fest gegen die Tapete gedrückt und spürte dem Rasen meines Herzens nach.

„Was?", fragte ich mit trockenem Mund, obwohl ich seine Frage ganz genau verstanden hatte.

„Zufällig kenne ich mich mit körperlichem Missbrauch aus", sagte er. „Und ich habe die Vermutung, dass dir das Thema auch nicht unbekannt ist. Habe ich recht?"

Ich starrte ihn mit offenem Mund an.

„Du … du denkst, ich bin sexuell missbraucht worden?", stotterte ich.

„Es ist nur eine Vermutung. Liege ich richtig?"

Ich schüttelte den Kopf.

Jan veränderte seine Sitzhaltung, fuhr sich mit beiden Händen durchs Haar und stützte dann beide Ellbogen auf den Knien ab. Seine Finger verschränkten sich ineinander.

„Gut", murmelte er und starrte auf den Boden.

„Ich bin missbraucht worden", flüsterte ich, bevor sich die Erleichterung zur Gänze in ihm festsetzen konnte. „Aber nicht, wie du denkst. Es geschah mit … mit Worten."

Ich hatte diesen Satz kaum zu Ende gesprochen, als auch schon ein Erdbeben in mir ausbrach. In meiner inneren Bibliothek kippte durch diese Erschütterung ein Regal zur Seite und riss das nächste mit und das nächste und dann das nächste und so weiter und so fort. Es war eine unaufhaltbare Kettenreaktion. Papiere flatterten durch den Raum, Bücher flogen herum, fielen zu Boden, platzten auf. Alter Staub fegte durch die Gänge und wirbelte noch älteren auf. Nichts blieb, wie es einmal gewesen war.

„Wer war es?", fragte Jan. „War es dein Vater?"

Ich schluckte. Und dann griff ich mir das erstbeste Buch, das an mir vorübersegelte, schlug es auf und riss wütend alle Seiten heraus.

„Es war meine Mutter", keuchte ich. „Sie war es, die mich missbraucht hat."

Jans Gesicht war das einzig ruhige in dieser kaiserlichen Suite, in der sich plötzlich alles verzerrte und verdrehte, weil mein Sichtfeld immer mehr verschwamm. Ich fixierte seine braunen Augen und aus meinen stürzten die Meere.

Meine Tränen befreiten sich wie von selbst. Ich

hatte sie zu lange zurückgehalten.

„Sieh mich an, Mia", sagte Jan.

Wie konnte er plötzlich so ruhig und stark sein? Seine Stimme war ein Signal in der Dunkelheit, ein Licht am Ende des Tunnels. Wie ein See am Morgen, der still und wellenlos vor mir lag, saß er da. Und ich erkannte: Er war der Fels in der Brandung, nach dem ich immer gesucht hatte.

„Lass es los", sagte er sanft. „Du kannst es jetzt loslassen. Dann werden sich die Flügeltüren von allein öffnen. Du wirst sehen, Mia. Hab keine Angst. Lass einfach alles los, lass es raus."

Ich weinte. Ich wusste gar nicht, ob Jan mich überhaupt verstehen konnte. Ich redete und schluchzte und weinte. Ich erzählte ihm meine Geschichte, von der ich immer gedacht hatte, dass sie in kein Buch passte, weil niemand sie jemals mögen würde.

Aber vielleicht stimmte das nicht.

Vielleicht würde sie jemand lesen. Jetzt, in diesem Augenblick. Und vielleicht Liebe empfinden, für das einsame Kind, das ich gewesen war.

„Meine Mutter hat mich gehasst", schluchzte ich. „Sie wollte keine Kinder haben. Weißt du, Jan, sie war jung, hatte Ziele, Wünsche, Sehnsüchte. Und dann passierte es. ES passierte. ICH passierte. Sie hatte keine Wahl, sie musste heiraten. Damals war das noch so üblich, da wurde man verachtet, wenn man ein uneheliches Kind bekam, besonders in dem kleinen Dorf, aus dem sie stammte. Ihre Eltern machten Druck. Also heiratete sie einen Mann, den sie nicht liebte. Von da an war ich ihr Fußabtreter. Der Prellbock für ihre angestauten Frustrationen. Es begann am Morgen, wenn sie schlechte Laune hatte. Vor dem ersten Kaffee durfte ich sie nicht ansprechen, nichts sagen, nur schweigen. Ich hatte solche Angst vor ihr. Furchtbare Angst. In der Nacht quälten mich schreckliche Albträume. Tiere, die mich auffraßen, mich umbrachten. Schlangen, die mich erwürgten. Und ich schlich hinüber in ihr Zimmer, um unter ihre Decke und in ihre weichen Arme zu kriechen. Aber sie schickte mich jedes Mal fort. Und in mir wuchs die Angst heran, wurde größer und größer und diese unglaublich verzehrende Sehnsucht nach Liebe, die wuchs auch, schneller als eine Bohnenranke in den Himmel. Ich sehnte mich so sehr. Nach Liebe. Nach Zärtlichkeit. Nach Berührungen. Meine Mutter, sie berührte mich nicht. Kannst du das glauben, Jan? Du nickst? Dann kennst du das ja, wenn dich jemand zärtlich streicheln sollte und genau das Gegenteil tut. Meine Mutter jedenfalls, sie fasste mich nicht an, egal, wie sehr ich weinte und bettelte und flehte. Sie nahm mich niemals in den Arm, streichelte mir nie übers Haar. Nicht einmal, wenn ich gestürzt war und mir wehgetan hatte. Da schon gar nicht. Denn ich hatte mir das ja selbst zuzuschreiben, weil ich nicht aufgepasst hatte. Meine gesamte Kindheit war ein berührungsloser Kosmos, in dem ich ohne Trost in der Dunkelheit aufwuchs. Mit einem Mob an Ängsten. Und durch jede einzelne war ich gezwungen, hindurchzugehen. Ganz allein. Und das hat mich stark gemacht." Ein Hustenkrampf schüttelte mich. Vor lauter Schluchzen bekam ich kaum noch Luft.

„Mia", sagte Jan. Seine Stimme kam von weit her. „Sieh mich an. Atme tief ein. Weiter. Du machst das sehr gut. Atme ein paarmal tief durch."

Nach einigen Minuten, in denen ich an die Wand gelehnt geatmet hatte, konnte ich wieder weitersprechen. „Wenn keiner zugehört hat, hat sie mich beschimpft", fuhr ich fort. „Mit diesen Schimpfwörtern konnte ich ganz gut umgehen, die gingen bei einem Ohr rein und kamen beim anderen wieder raus, aber die Sätze, die sie sagte. Die konnte ich nicht ausblenden. Ein Scheißkind, eine Drecksgöre, das steckt man noch irgendwie weg. Aber was man nie wieder loswird, das sind diese Sätze. ‚Du bist hässlich. Du bist dumm. Du schaffst das nicht. Du bist schuld.' Jan, ich habe mich so schuldig gefühlt. Mein ganzes Leben lang fühlte ich mich schuldig am Elend meiner Mutter. Als ich zehn Jahre alt war, begann sich meine Haut mit Akne zu überziehen. Die Krankheit war überall, ich hatte kaum einen Flecken Haut, der nicht gefüllt war mit Eiter. Und ab diesem Zeitpunkt berührte mich erst recht keiner und die Kinder in der Schule begannen, Spottlieder auf mich zu singen, aber wahrscheinlich wollte ich das auch so. Es war das Gift, das mir aus der Seele trat. Die Grenze, die ich ziehen musste, gelang mir am besten über meine Haut. Soll ich dir mal meinen Rücken zeigen? Willst du ihn sehen? Die Narben? Die Verunstaltungen? Mein Rücken ist der Teil an mir, der sich nie mehr von dieser Tortur erholt hat. Und ganz nebenbei würde ich mir so sehr wünschen, dass ein Mann meinen Rücken streichelt. Mit der Hand, ganz leicht. Und dann einen Kuss auf die Stelle zwischen meinen Schulterblättern drückt. Mein Rücken ist ungeküsst und unberührt. Bis heute. Weil die Haut darauf so verunstaltet ist und ich das bei den Männern immer abgewehrt habe. Aus Scham. Keiner durfte mich dort berühren. Und weißt du, was das Verrückte ist? Dass ich mich ja sowieso nicht richtig spüren kann. Würde mich ein Mann zärtlich auf den Rücken küssen, ich würde es nicht mal fühlen. Ich weiß nicht, wo ich aufhöre und wo ich beginne. Meine Grenzen sind verwischt. Ich bin irgendwie mit dem Universum verschmolzen. Ich spüre meinen Körper nur, wenn ich Schmerzen empfinde. Seit Jahren schwellen diese seltsamen Bedürfnisse und Sehnsüchte in mir heran. Ich wünsche mir, dass mich jemand schlägt, mit der Hand, mich auspeitscht, mir wehtut, damit ich mich mal spüren kann. Ich will nur einmal erfahren, wo meine Haut beginnt und wo mein Körper endet. Ist das nicht krank? Ich bin irgendwie krank."

Ich schlug die Hände vor mein Gesicht und rutschte an der Wand entlang auf den Teppichboden. Die alten Wunden brachen nacheinander auf. Aber waren sie je zugegangen?

Ich vergrub den Kopf zwischen meinen Armen und weinte laut vor mich hin. Jan gab mir Zeit, bis ich mich einigermaßen beruhigt hatte.

„Du bist nicht krank", versicherte er mir. „Du bist

okay, Mia. Es ist alles in Ordnung mit dir."

Ich blickte auf und sah ihn vor mir auf dem Teppichboden knien. Er reichte mir einen Karton mit Taschentüchern, den ich ihm mit einem geflüsterten „Danke" abnahm. Ich zupfte ein paar Tücher aus der Mitte und schnäuzte mich lautstark.

„Ich glaube, du bist noch nicht fertig", sagte er. „Bring es zu Ende."

Er setzte sich in den Schneidersitz vor mich hin.

„Du willst noch mehr von diesem Mist hören?", fragte ich ungläubig.

Er nickte. „Wir bezahlen diese Suite für drei Stunden, also ja, ich will mehr. Du kannst ruhig ins Detail gehen, ich habe heute Nacht nichts Besseres vor."

„Na gut", krächzte ich. „Auf deine eigene Verantwortung." Ich schnäuzte mich ein weiteres Mal. „Als ich ein Teenager war, da ging es erst richtig los mit den Tiraden meiner Mutter. Ihr ständiges Gerede über Sex und ihr Männerhass, ich sag dir, das war eine einzige Wucht an Worten. ‚Heirate nie! Die Männer sind schlecht! Die sind Arschlöcher. Die gehören betrogen. Kinder sind scheiße. Sie versauen dein Leben. Wenn du eine Familie gründest, dann ist das die Hölle!' Das waren die Glaubenssätze, die mein Heranwachsen zur Frau bestimmten. Kannst du dir vorstellen, wie viele Therapien ich machen musste, um diese Sätze in mir zu widerlegen? Gott sei Dank hatte ich meine Bücher und die vielen schönen Geschichten. Sie haben mich am Leben erhalten. Auch in den Jahren, als ich mich umbringen wollte. Als ich den

Gedanken an Selbstmord nicht mehr aus meinem Kopf bekam. Als ich Schritt für Schritt mein Dahinscheiden aus diesem Leben plante. Ich wollte springen, ja, springen. Es war die Art, wie ich sterben wollte. Springen. Aus dem Fenster, von einer Klippe ins Meer, von einem Wolkenkratzer. Springen und in die Tiefe fallen. Ich habe es sogar ausprobiert, um mich zu testen. Ich hab mir so einen Bungee Jump von einer Brücke geleistet. Und dann im freien Fall nur gedacht: ‚Scheiße, nein. Das schaff ich nicht. Ich kann nicht springen ohne das Seil, das mich ins Leben zurückschleudert. Ich schaffe es nicht.' Und dann hab ich den Gedanken wieder verworfen. Und ich hatte ja meine Bücher. In die konnte ich auch ganz gut springen, ohne sterben zu müssen. Und mehr gibt es eigentlich nicht zu sagen, außer dass ich kaputtgegangen bin. Und dann hab ich mich selbst geheilt, aber ich bin in dieser Bibliothek aus Stein geblieben, weil dort lässt es sich gut überleben."

„Du kannst da jetzt rauskommen", sagte Jan. „Du bist kein Kind mehr. Du kommst ganz gut in der Realität zurecht. Das weiß ich."

War es so leicht?

„Lass los, Mia. Du bist jetzt stark genug. Du schaffst es da draußen."

Mein Herz glühte. Was er sagte, tat so gut.

Die guten Worte, sie waren so viel stärker als die schlechten. Aber das wusste niemand. Es war ein Geheimnis, das ich der Welt nun verraten wollte.

„Danke, Jan", murmelte ich. „Worte haben so viel

Kraft. Und keiner weiß, dass Worte, verflucht noch mal, schwingen, dass sie unglaubliche Macht haben und dass sie sich als Wahrheit in ein Herz einnisten und dass sie genauso schmerzen wie körperliche Schläge. Vielleicht noch schlimmer, weil sie nicht auf die Haut, sondern unter die Haut gehen. Sie treffen dich mitten ins Herz und zerstören es, wenn sie die Schwingung von Wut und Missgunst in sich tragen. Und irgendwann geht dir das in Fleisch und Blut über, denn dein Selbstwert, der ist schneller gestorben, als du atmen kannst und jedes Wort manifestiert sich in der Realität, wird Wahrheit, wird Leben. Du wirst hässlich und dumm und du nimmst die ganze Schuld auf dich, weil du immer nur das gehört hast. Und das ärgert mich so an den Menschen, dass sie Worte so achtlos benutzen. Da wird über das Wetter gejammert und auf den Montagmorgen und die Arbeit geschimpft. Da beflegeln sie sich in irgendwelchen Internetforen und blicken mit Neid auf das Werk von anderen und dazwischen leben immer noch unschuldige Kinder, denen keiner Mut zur Liebe macht und die keiner in den Arm nimmt, um sie zu halten und zu beschützen, wenn sie Angst haben und weinen."

Jan kroch auf allen vieren über den roten Teppich. Er kam näher und näher und ich wusste, er würde mich gleich berühren, also schloss ich die Augen und ließ es zu. Er schlang seinen Arm um meinen Rücken und fädelte den anderen unter meinen Knien hindurch.

„Was du brauchst, ist ein starker Mann, der dich beschützt und auf dich achtgibt", flüsterte er mir ins Ohr. „Ein Mann, bei dem du auch mal schwach und vor allem DU selbst sein darfst."

Er hob mich hoch und trug mich zu dem roten Himmelbett hinüber. Und ein bisschen war das wie fliegen. Vorsichtig legte er mich auf den Kissen und Decken ab, breitete sich neben mir aus und zog mich in seine Arme. Ich legte meinen Kopf auf seiner Brust ab und lauschte seinem Herzschlag.

Jan hielt mich so fest, wie mich noch nie jemand gehalten hatte. Sehr lange. Er hielt mich sehr lange fest. Und zwischen diesem Halten sagte er Sätze.

„Du bist schön."

„Du bist klug."

„Du schaffst das."

„Du bist unschuldig."

Und ich glaubte ihm jedes Wort.

Und das fühlte sich verdammt gut an.

GRÄFIN VOM NASCHMARKT
JAN

Ich war mir nicht sicher, ob Mia eingeschlafen war. Sie hatte lange gebraucht, um sich zu beruhigen, und jetzt hob und senkte sich ihr Brustkorb gleichmäßig und ihr Atem streifte in ruhigen Wellen an meinem Hals vorüber. Ich spielte gedankenverloren mit ihren Haarsträhnen und starrte in den kleinen Kronleuchter, der in der Mitte des Bettbaldachins hing und seinen zarten Schein auf unsere Körper senkte.

Mias Geschichte hatte mich bewegt und ein wenig hatte sie mich auch an meine eigenen Lebenshürden erinnert, die ich allesamt schon genommen hatte. Viel früher, als sie das getan hatte. Furchtlos hatte ich mich jedem meiner Themen gestellt und zügig meine Vergangenheit aufgearbeitet.

Das war etwas, das mich ausmachte … mein starker Wille, meine Entscheidungsfreudigkeit und mein schnelles Tempo, wenn ich die Zusammenhänge einer Sache verstanden hatte und sie für gut befand.

Mia seufzte und ich zog sie enger an mich und drückte ihr einen Kuss auf den Scheitel.

„Schläfst du?", fragte ich.

„Hm."

„Du zitterst ja. Ist dir kalt?"

„Nein,", murmelte sie. „Eigentlich nicht."

Das sind die Nerven, dachte ich. *Und die Länge und Schwere dieser Nacht.*

Vorsichtig schälte ich mich unter ihrem Körper hervor und löste mich aus unserer Umarmung.

Mia schlug die Augen auf. Ihr Blick war fragend und unsicher, als sie sich auf ihre Ellbogen abstützte und mich ansah. Das zerronnene Mascara und die geschwollenen Augen unterstrichen das Bild ihrer inneren Zerstörung.

„Warte hier", instruierte ich sie, als ich mich aufrappelte und auf die Beine kam. „Ich habe eine Idee, wie ich dir helfen kann, dich besser zu fühlen."

„Nein, Jan, bitte, du hast schon genug getan", protestierte sie leise. „Keine weiteren Umstände."

Sie machte Anstalten, sich zu erheben.

„Wirst du wohl aufhören, mir ständig zu widersprechen", ermahnte ich sie. „Bleib liegen."

Sie seufzte und sank fügsam in die Kissen zurück.

„So ist es brav", sagte ich grinsend. Sie streckte mir die Zunge heraus. „Das hab ich nicht gesehen. Du kannst froh sein, dass ich gerade andere Pläne habe, als deinen vorlauten Mund zu erobern."

Sie lächelte schwach und rollte sich zur Seite. Mein Blick glitt über ihren schlanken Körper und blieb an der Spitze ihrer halterlosen Strümpfe hängen, die unter dem verrutschten Kleid im Ansatz zu erkennen waren. Für den Bruchteil einer Sekunde war ich verführt, meine guten Vorsätze über Bord zu werfen. Nur ein einziger stürmischer Kuss. Sich treiben lassen, sich den Wellen der Lust hingeben, in dieser herrlich verruchten Umgebung. Aber ich beherrsche mich. Ich begehrte Mia und das trotz ihres emotionalen Zusammenbruchs. Nein, gerade deswegen wollte ich sie umso mehr zu der meinen machen. Sie erweckte Tiefen in mir, die ich lange nicht gefühlt hatte. Widerwillig löste ich meinen Blick von ihrer verletzlichen Schönheit und betrat das angrenzende Badezimmer. Ich beugte mich über die große Badewanne und drehte an dem Wasserhahn, bis mir das Wasser angenehm warm erschien. Am Wannenrand reihten sich einige Fläschchen mit exquisiten Badezusätzen und ich wählte einen aus, der nach Rosen duftete. Mit kreisenden Bewegungen verteilte ich eine große Menge davon im Badewasser. Als ich ins Schlafzimmer der Suite zurückkam, saß Mia am Rand des Bettes, die Handflächen zwischen ihre Knie gepresst.

„Warum lässt du ein Bad ein?", fragte sie vorsichtig. Alles an ihr war schon wieder auf der Hut.

„Das ist für dich. Jetzt guck nicht so bestürzt. Ich bleibe draußen und betrete das Bad nur, wenn du es ausdrücklich gestattest."

Sie wirkte erleichtert.

„Danke", hauchte sie.

„Keine Ursache."

„Ich meine es ernst. Danke. Für alles."

„Gern geschehen."

Sie sprang auf und huschte an mir vorüber. Bevor sie die Badezimmertür schloss, streckte sie ihren Kopf noch einmal heraus.

„So hast du dir den Aufenthalt in Wiens berühmtestem Stundenhotel auch nicht vorgestellt, oder?"

„Tatsächlich hatte ich eine andere Vorstellung."

„Bist du enttäuscht?"
„Nein."
„Sicher nicht?"
„Nein, Mia."
Sie lächelte und schloss die Tür.
Ich seufzte. Frauen.
Sie würden niemals verstehen, dass ein Mann genau das meinte, was er sagte. Ständig mussten sie sich ihrer Welt rückversichern und selbst dann glaubten sie einem kein Wort. Aber diese Diskussion wollte ich mit Mia zu einem anderen Zeitpunkt führen. Ich durchschritt den Raum, griff zum Hörer des Telefons, das auf einem der Nachttische stand, und bestellte an der Rezeption eine Flasche Champagner. Danach trat ich ans Fenster und zog einen der schweren Vorhänge zur Seite. Ich starrte auf das Wohnhaus gegenüber und in eines der Fenster, in dem noch Licht zu sehen war. Die Umrisse eines dicken Mannes in einem Lehnstuhl waren zu erkennen. Er saß vor der flimmernden Mattscheibe und rauchte eine Zigarette. Auf der Straße herrschte gähnende Leere. Ich blickte auf die Uhr. Halb drei Uhr morgens. Bald waren die Stunden, die wir gebucht hatten, vorüber. Und was wurde dann aus Mia und mir, wenn wir am Beginn des neuen Tages auseinandergingen? Wie sollten wir uns begegnen, wenn wir im Büro aufeinandertrafen? Freundschaftlich? Kollegial distanziert wie bisher? Nüchtern und professionell? Würde Mia die Geschehnisse dieser Nacht negieren? Ich traute ihr das durchaus zu ... mich zu ignorieren und so zu tun, als

ob niemals etwas zwischen uns gewesen wäre.
Und ich? Was wollte ich? Wollte ich Mia wiedersehen? Und wenn ja, zu welchem Zweck? Auf keinen Fall wollte ich sie verletzen oder ihr falsche Hoffnungen machen. Und am allerwenigstens war sie für emotionslosen Sex geeignet.
Unter dem Licht dieser Tatsache betrachtet schied ein weiteres Treffen mit Mia aus. Ich hatte nur mehr vier Monate in Wien und würde nach Ablauf meines Vertrages wieder nach Deutschland zurückkehren.
Mia für diese vier Monate als meine Gespielin zu benutzen, erschien mir nicht fair. Und es war vor allem nicht das, was Mia brauchte, was sie ersehnte und letzten Endes auch verdiente. Schweren Herzens traf ich eine Entscheidung.
Kein privater Kontakt mit Mia Sommer.
Keine Treffen außerhalb des Bürogebäudes.
Diese Grenze würde ich klar und deutlich ziehen und auch kommunizieren, wenn später die Sprache darauf kam. Und vielleicht brachte Mia das Thema selbst aufs Tapet. Gewiss war diese Lösung in ihrem Sinne.
Es klopfte und ich eilte zur Zimmertür, um die bestellte Flasche Champagner entgegenzunehmen. Ich öffnete sie auf dem Bettrand sitzend und goss den Sprudel in zwei Gläser ein. Mit den Flöten in meinen Händen ging ich zum Badezimmer.
„Mia, darf ich reinkommen?"
„Ja, komm rein."
Ich drückte mit dem Ellbogen die Klinke hinab und balancierte die vollen Gläser in den schummrig be-

leuchten Raum, in dem der Wasserdampf alle Spiegel beschlagen hatte. Mia war bis zum Kopf im heißen Wasser versunken. Rund um sie bauschte sich der Schaum, sodass ihre Nacktheit vollkommen darunter verborgen war. Sie hatte ihre Haare hochgebunden und ihr Gesicht gewaschen, sodass keine Make-up-Reste zu erkennen waren. Wortlos stellte ich eines der Gläser auf dem Badewannenrand ab.

„Danke", hauchte sie und griff danach. „Das ist ja ein Service."

Ich hob mein Glas und prostete ihr zu.

„Auf dich", sagte ich und ließ mich vor der Wanne auf den warmen Fliesen nieder.

Wir tranken einen Schluck und sahen uns lange in die Augen.

„Erzählst du mir von dir?", fragte sie.

„Was willst du denn wissen?"

„Alles", sagte sie. „Wo du geboren wurdest, wo du herkommst, ob du Geschwister hast, welche Schulen du besucht hast. Erzähl mir alles, was es über dich zu wissen gibt."

Ich lehnte mich zurück und streckte meine Beine aus. Und dann erzählte ich Mia von meinem Leben. Ich erzählte ihr von meiner gescheiterten Ehe, von meinem Cousin, der nun mit Eva in der Schweiz lebte und von meinem Hund, den meine Ex-Frau mitgenommen hatte und der kurz darauf gestorben war. Ich erzählte ihr von meiner Schulzeit, meiner Leseschwäche und vertraute ihr an, dass ich früher kleine Jungs auf dem Pausenhof verprügelt hatte, weil ich

meine Aggressionen nicht in den Griff bekommen konnte. Ich vertraute Mia Dinge aus meiner Vergangenheit an, an die ich lange nicht gedacht hatte und wir saßen zusammen im luxuriösen Badezimmer der kaiserlichen Suite – ich am Fliesenboden und sie in der Badewanne – und tranken die ganze Flasche Champagner aus. Die Zeit verflog.
Wir mussten längst nachzahlen, aber das war uns gleichgültig. Die Dimensionen unseres Gesprächs fühlten sich viel intimer an, als wenn wir miteinander geschlafen hätten.

Als wir das Stundenhotel verließen, waren wir betrunken und unser albernes Lachen hallte von den schlafenden Häusern auf uns nieder. Bestimmt war es nicht das erste Mal, dass ein betrunkenes Pärchen das Hotel Orient verließ und mit seinem lauten Lachen schlafende Anrainer weckte. Aber ob das jemals ohne Sex geschehen war, das wagte ich zu bezweifeln.

Mia führte mich durch ein Gewirr an Gassen, bis wir nach zwanzig Minuten an der Wiener Staatsoper ankamen.

„Ich bin hungrig", sagte ich, während wir die Fassade des Operngebäudes betrachteten. „Gibt es in Wien ein Restaurant, in dem man um diese Zeit ein warmes Essen bekommt?"

Mia legte den Kopf schief. „Na ja, Restaurant würde ich es nicht gerade nennen."

Sie trug meine Mütze, die sie sich tief in die Stirn gezogen hatte und ihre Haare waren zur Gänze darunter verborgen. Sie sah anders aus als zu Beginn des Abends, jünger und verletzlicher. Ihr emotionaler Ausbruch hatte etwas in ihr in Bewegung gebracht und eine Schicht an Härte abgesprengt, die nun fehlte. Ihre Augen wirkten ohne Make-up nicht mehr grün, sondern graublau und es lag ein Schleier über ihren Pupillen, der auf ihre Betrunkenheit hinwies.

„Also entweder wir gehen an einen Würstelstand, oder wir …"

„Bitte nicht", unterbrach ich sie.

Wir hatten auf unserem Weg durch die Stadt einige dieser unsäglichen Wurstbuden passiert und mir war allein beim Anblick des ungesunden Essens und des Geruchs nach Bratfett übel geworden.

Mia blieb stehen und zuckte mit den Schultern. „Äh … dann fällt mir nur noch die *Gräfin* ein", sagte sie.

„Die *Gräfin*", wiederholte ich. „Das klingt streng."

Mia kicherte. „Oh ja, in der *Gräfin* geht es wirklich züchtig zu. Du wirst entzückt sein. Es ist auch das einzige Restaurant, das ich kenne, das um fünf Uhr morgens warme Speisen serviert. Das ist übrigens absolutes Insiderwissen. Offiziell schließt die *Gräfin* für zwei Stunden, von vier Uhr bis sechs Uhr morgens, aber am Wochenende hält sich keiner an dieses Reglement."

„Typisch österreichisch", warf ich trocken ein. „Das Ignorieren von Gesetzmäßigkeiten liegt euch im Blut."

„Während die deutsche Gründlichkeit an ihrer eigenen Bürokratie erstickt", konterte sie.

„Wir halten uns eben gern an Regeln."

„Und wir Ösis eben nicht und mir scheint, du profitierst ja auch ein wenig vom österreichischen *desnemma-ma-net-so-genauuu*. Hab ich recht?"

„Im Privaten vielleicht", entgegnete ich grinsend, „im beruflichen Kontext leide ich allerdings an der österreichischen Art, die Dinge anzupacken."

„Wieso?"

„Weil ein österreichischer Arbeitstag im Gegensatz zum deutschen nur vier Stunden hat."

„Jetzt hör aber auf. Das stimmt doch gar nicht. Wir Österreicher haben genauso unser Pensum von acht Stunden zu bewältigen."

„Offiziell schon, aber inoffiziell werden vier dieser acht Stunden für seltsam anmutende Kochshows zweckentfremdet."

„Was sind denn seltsam anmutende Kochshows?"

Ich lachte über Mias empörte Miene. Sie zu ärgern war so köstlich. Sie lief dann immer zur verbalen Höchstform auf und brachte mich mit ihren Wortspielchen zum Lachen. Gleichzeitig forderte sie mich heraus. Während wir also weiter durch das nächtliche Wien schlenderten und die Oper hinter uns ließen, schilderte ich ihr meine Wahrnehmung eines Büroalltags in einem Wiener Unternehmen.

„Ich ziehe die Marketingabteilung als Anschauungsbeispiel heran, wenn es recht ist", leitete ich ein.

„Oh ja, gute Idee. In der Marketingabteilung kennst du dich ja bestens aus", ätzte sie. „Deren Mitarbeiterinnen hast du ja in jeder erdenklichen Stellung in

Augenschein genommen."

„Nicht untergriffig werden, Frau Sommer. Sie wissen, wie sehr mich das herausfordert."

„Sorry, Jan, aber der Seitenhieb musste sein. Ich denke dabei an Frau Susanne Rieder, Bachelor FH, und ihre schöne Aussicht, die du dir leider nicht mehr ansiehst und dabei läuft sie so gerne mit dir zum Lusthaus."

„Du bist eifersüchtig", sagte ich grinsend. „Aber das steht dir und nebenbei … macht es mich an."

„Du selbstverliebter Gockel", schimpfte sie und schlug mit ihrer kleinen Faust nach mir, die ich mühelos abfing. Ich verstärkte meinen Griff um ihre Hand. Mias Augen wurden groß und wir hielten mitten im Gehen inne.

„Jetzt lassen Sie mich doch mal ausreden, Frau Sommer. Ist das so schwer, dass Sie nur eine Minute Ihren frechen Mund halten, damit ich Ihnen von den seltsam anmutenden Kochshows erzählen kann?" Ich hob unsere Hände zu meinen Lippen und drückte einen zärtlichen Kuss auf Mias Handrücken.

„Du bist wunderschön", flüsterte ich. „Auch ohne Make-up bist du die schönste Frau, die ich je gesehen habe."

„Meinst … du … das ernst?", stammelte sie. „Bitte sag niemals etwas zu mir, dass du nicht wirklich so meinst. Das halte ich nicht aus."

„Es ist mir absolut ernst damit."

Sie schlug ihre Augen nieder. „Danke", hauchte sie.

Ich drückte noch einen Kuss auf ihre Fingerknöchel

und ließ dann unsere Arme sinken. Meinen Versuch, unsere Finger miteinander zu verschränken und Händchen haltend weiterzugehen, wehrte sie jedoch ab, indem sie mir hektisch ihre Hand entzog.

„Leg los mit deiner Geschichte", sagte sie.

„Okay. Stell dir folgende Szene vor: Es ist Montagmorgen. Die kompetenten Damen aus der Marketingabteilung treffen ein und fahren ihre PCs hoch. Sobald alle im Büro sind – und das kann dauern, denn es sind sieben an der Zahl – startet Kochshow Nr. 1. Für Außenstehende als Teambesprechung getarnt, in Wahrheit aber ein gediegener Brunch. Da wird in der Küche Kaffee gekocht, Milch aufgeschäumt und Obst geschnippelt, da wird geschroteter Leinsamen in Joghurt eingerührt und Orangensaft gepresst. Bewaffnet mit Schalen und Tassen frühstücken die Damen in trauter Runde am großen Besprechungstisch und tauschen Neuigkeiten vom Wochenende aus. Wohlgemerkt geschieht dies alles im Rahmen der gesetzlich vorgeschriebenen Arbeitszeit, die bei acht Stunden lediglich eine halbe Stunde Pause vorsieht. Nach Beendigung des Frühstücks ist eine Stunde vorüber, ohne dass ein produktiver firmenrelevanter Output zu vermerken wäre. Ich persönlich habe es mir zur Angewohnheit gemacht, die Meetings zwischen zehn und elf Uhr vormittags anzusetzen. Die Erfahrung der letzten Monate hat mir nämlich gezeigt … Kochshow Nr. 2 startet exakt um 11 Uhr 45, wenn die Damen zusammen – um beim Exempel der Marketingabteilung zu bleiben – in den gegenüberliegenden Supermarkt laufen, um dort Gemüse für ihren Salat einzukaufen. Und dann geht das Geschnippel wieder los. Da werden Gurken geschält, Tomaten geviertelt, Möhren gehobelt, Avocados geteilt und in Essig gebadet. Zeitverlust: 90 Minuten. Timeslot für eine mögliche Zusammenarbeit mit der Abteilung: Zwei Stunden ab 14 Uhr, denn um 16 Uhr …"

„Um 16 Uhr …", unterbrach Mia mich, „startet Kochshow Nr. 3, und zwar der Nachmittagskaffee plus Sachertörtchen, selbstverständlich die zuckerreduzierte Version."

„Exakt", erwiderte ich.

Wir lachten.

„Da ist schon was Wahres dran", gab Mia zu. „Aber tröste dich. Du bist nicht der Erste, der sich darüber ärgert, dass man Susanne und ihr Team nur rudimentär antrifft."

„Ich ärgere mich nicht. Ich wundere mich. Außerdem habe ich einen Weg gefunden, damit Frau Susanne Rieder, Bachelor FH, mir genau das liefert, was ich für meine Arbeit brauche, und das trotz ihrer heißgeliebten Kochshows."

Mia schnaubte abfällig. „Ja, klar. Fast war ich dazu geneigt, deine innige Beziehung zu Frau Susanne Rieder, Bachelor FH, zu vergessen, aber danke, dass du mich immer wieder darauf aufmerksam machst. Du bist so ein Einedrahrer."

„Ein was?"

„Du bist ein Angeber. Dauernd reibst du mir deine Eroberungen unter die Nase. Das ist doch nicht notwendig und zeigt außerdem, dass du damit ein Thema hast. Das sind Minderwertigkeitskomplexe, Herr König."

„Das sind definitiv keine Minderwertigkeitskomplexe, Frau Sommer. Gerade eben scheinst du ein Thema mit meinen Eroberungen zu haben. Nicht ich."

„Ach, vergiss es, Jan. Erzähl mir lieber einen weiteren Schwank über die österreichische Arbeitsmoral."

„Ich freue mich, dass du wieder zu deiner alten Form zurückgefunden hast. Das zeigt mir, dass es dir besser geht. Aber zurück zur österreichischen Arbeitsmoral. Sie war mitunter ein Grund, warum ich meinen Vertrag um vier Monate verlängern musste. In einem deutschen Unternehmen hätte die erste Frist gereicht. Die Deutschen sind emsige Arbeitsbienen."

„Und wann endet dein Vertrag?", fragte Mia.

„Ende April."

„Aha. Und du gehst dann wieder nach Frankfurt zurück?"

„Yep."

„Und wenn das Unternehmen dich noch länger braucht?"

„Das wird es nicht. Ich erreiche meine Ziele. Das habe ich mir fest vorgenommen."

Mia presste ihre Lippen aufeinander und erhöhte das Tempo ihrer Schritte.

Es war der richtige Moment, um mit ihr darüber zu sprechen, welches Bild ich mir für den Verlauf der nächsten vier Monate gemalt hatte und dass in ihm kein Platz für sie zu finden war. Ich ließ ein paar Sekunden verstreichen, ohne etwas zu sagen und Mia sagte auch nichts. Anhand ihrer kerzengeraden Haltung konnte ich ablesen, dass sie es wusste. Sie wusste, dass wir uns außerhalb des Büros nicht mehr treffen würden. Und vielleicht war es auch genau das, was sie wollte. Es war auf jeden Fall das, was *ich* wollte. Für eine Frau wie Mia musste man sich Zeit nehmen. Und die hatte ich nicht.

Ich hatte keine Zeit.

Wir erreichten die Wiener Secession, deren goldfarbene Kuppel mich jedes Mal aufs Neue beeindruckte. Im Vorbeigehen zitierte ich den Spruch, der in goldenen Lettern darauf prangte.

Der Zeit ihre Kunst, der Kunst ihre Freiheit.

„Ich mag die Secession", sagte Mia. „Die Wiener nennen die goldene Kuppel liebevoll Krauthappel."

„Wie bitte?", stieß ich hervor.

„Krauthappel. Auf Hochdeutsch heißt das Kohlkopf. Sieht ja auch ein bisschen wie einer aus, wie ein goldener Kohlkopf."

„Das geht ja gar nicht", murmelte ich. „Kohlkopf spottet diesem architektonischen Meisterwerk. Ich bewundere es jedes Mal, wenn ich hier vorbeikomme."

„Ach, dann warst du schon öfters am Naschmarkt?", fragte sie erstaunt.

Sollte ich ihr die Wahrheit sagen? Warum nicht. Ich hatte nichts zu verlieren und wollte unsere gemeinsame Zeit nicht mit Ausreden verschwenden.

„Ich war ein paarmal im *Umarfisch* zum Essen. Be-

stimmt kennst du es. Ein sensationell gutes Restaurant. Es wurde mir empfohlen, da ich liebend gerne frischen Fisch esse."
„Wer hat es dir empfohlen?"
„Veronika."
„Veronika Engel? Aus der Marketingabteilung?"
„Ja."
„War sie mit dir dort zusammen zum Essen?"
„Ja."
„Okay, ich verstehe. Erspar mir bitte die Details. Gleich da vorne ist übrigens die *Gräfin*."

Das gelb beleuchtete Neonschild, die rote Markise und der weihnachtlich anmutende Lichtervorhang, der vor dem Restaurant verloren im Wind schaukelte, stachen mir schon von Weitem ins Auge.
Das also war sie.
Die berühmte *Gräfin* vom Naschmarkt.
Die Außenfassade des Restaurants war der einzige Lichtpunkt in einer Stadt, die schon lange schlief.
Linker Hand befand sich der Wiener Naschmarkt, den ich noch nie geschlossen erlebt hatte. Die verbarrikadierten Buden und Gaststätten ließen diese sonst so belebte Ecke von Wien düster und gefährlich aussehen.
„Jan, ich muss dich vorwarnen", sagte Mia, als wir vor der Eingangstür der *Gräfin* stehen blieben. „Dieses Lokal ist wirklich … äh … speziell. Nach den eleganten und kaiserlichen Stationen, die wir heute Nacht hinter uns gebracht haben, ist die *Gräfin* das

absolute Kontrastprogramm. Das Personal ist grantig, die Preise sind überteuert, das Essen schmeckt grindig, das Inventar ist skurril und die Gäste sind besinnungslos besoffen. Die *Gräfin* zählt zu den am schlechtesten bewerteten Restaurants der ganzen Stadt."

„Ich hab Angst", scherzte ich. „Warum gehen wir hier essen?"

Sie lachte, legte ihre Hand neben meine und riss schwungvoll die Tür auf.

„Weil die *Gräfin* unsere weihnachtliche Wiennacht auf perfekte Art und Weise abrundet. Sie zählt zu den Dinosauriern in der Wiener Gastronomieszene und besitzt Kultstatus. Nie wirst du dem ursprünglichen Wien näher kommen als in der *Gräfin*."

„Okay, verstanden."

Bevor wir einen Schritt in das Restaurant gesetzt hatten, fing uns ein Mann mit Sakko und Fliege ab. Er führte uns an einen kleinen Tisch, der sich direkt neben einer durch eine Glaswand abgetrennten Sitzecke befand, in der einige Jugendliche herumlungerten und um die Wette rauchten. Der Qualm zog sich durch alle Ritzen und sorgte dafür, dass es im Restaurant nicht nur nach Frittierfett und Schnitzelpanade, sondern auch übel nach Zigarettenrauch stank.

Ich schmunzelte. Die Trennung von Raucher- und Nichtraucherbereich war etwas, das die Österreicher nicht wirklich draufhatten. Aber es passte zu der Art, wie sie ihre Gesetze auslegten.

„Getränkewunsch?", näselte der Kellner unfreundlich, bevor wir uns überhaupt auf die mit rotem Leder überzogenen Bänke gesetzt hatten.

„Wir schauen mal", antwortete Mia.

„Sehr wohl."

Während ich Mia aus dem Mantel half, blieben meine Augen an einem Baum aus Plastik hängen, der in der Mitte des Restaurants stand und dessen weit verzweigte Äste sich über einen Großteil der Tische erstreckte. Um sich den vierteljährlichen Tausch der Dekoration zu ersparen, waren Accessoires aller vier Jahreszeiten an den Baum gehängt worden. In den Zweigen hingen Christbaumkugeln, verstaubte Herbstbouquets und ... ja, es war nicht zu fassen ... es waren Plastikbälle, die an ein Schwimmbad im Sommer erinnerten. Zusätzlich war das Ungetüm, das aus den Bodenfliesen zu wachsen schien, mit kleinen Lämpchen versehen, die munter vor sich hin blinkten. Wir ließen uns an dem Tisch nieder, der für zwei Personen viel zu klein geraten war.

Mia schob die Speisekarte über die gelbe Tischdecke, die über und über mit Flecken übersät war. Ich griff mit spitzen Fingern nach dem foliierten Karton, in dem einige Brandlöcher das Lesen erschwerten.

„Bei *den* horrenden Preisen hätte ich meine Zigarette auch auf der Karte ausgedämpft", sagte ich trocken. „Bei der Beschreibung des Restaurants hast du ja ausnahmsweise Mal nicht übertrieben." Ich zeigte auf den Boden, auf dem die Matschspuren kreuz und quer verliefen.

Mia zuckte mit den Achseln. „Wir Wiener mögen's

eben gerne schmutzig."

„Du, pass auf mit deinen Aussagen", warnte ich sie leise. „Meine Sinne waren eben gerade noch aufs Essen ausgerichtet. Aber das kann sich schnell ändern, wenn du so weiterredest und mich dabei auch noch so sexy ansiehst."

Sie lachte laut auf. „Jan, glaub mir, nach dem grottenschlechten Essen wirst du dich nur noch in dein Bett schleppen und schlafen wollen und jeden Gedanken an schmutzigen Sex vergessen haben."

„Du irrst dich."

„Und woran denkst du da so?", fragte sie neugierig.

Das herausfordernde Funkeln in ihren Augen überraschte mich. DAS war eine neue Seite an Mia. Eine, die sich heute Nacht aus ihrem Gefängnis befreit hatte. Mias Verlangen und ihr wiedergefundener Wagemut glitzerten in ihrem Blick um die Wette. Ich wollte diese neue Seite an ihr erforschen. Zu gerne.

„Du willst wissen, woran ich denke, wenn ich an schmutzigen Sex denke?"

„Ja", hauchte sie.

„In diesem Ambiente?", fragte ich mit einem Blick über die Schulter.

„Ja."

Ich schmunzelte. Wie weit wollte ich mit meinen Schilderungen gehen? Was würde Mia nach ihrem Loslassen zulassen?

Alles, entschied ich. Mia war eine leidenschaftliche Frau, sie wusste es nur noch nicht.

Die Knoten ihrer Vergangenheit hatten sich endlich

gelöst und der Prozess ihrer Entfesselung hatte begonnen. Sie war nicht mehr aufzuhalten.

Ich beugte mich über den Tisch. „Ich werde dich jetzt auffordern, zu den Toiletten zu gehen und dort im Flur auf mich zu warten."

„Okay. Und weiter?"

„Ich werde dir eine Minute später folgen, dich ohne ein Wort an die Wand drücken, dich hart und lange küssen, bis du nicht mehr weißt, wo oben und unten ist und ganz nebenbei mit meiner Hand dein Höschen zur Seite schieben und meine Finger in dir versenken. Das werde ich so lange machen, bis du richtig heiß geworden bist und dann zwinge ich dich auf die Knie. Oh ja, du kniest vor mir auf dem dreckigen Boden der Gräfin. Ich befreie meinen Schwanz aus der Hose und platziere ihn direkt vor deinem vorlauten Mund. Du öffnest bereitwillig deine Lippen, lässt verführerisch deine Zunge über sie streichen, schaust mich von unten ergeben an und dann … verwöhnst du mich, wie du noch nie einen Mann verwöhnt hast. Mit deinem Mund. Du legst dich richtig ins Zeug, denn du weißt ja um die anderen Gäste im Restaurant. Die Chancen stehen gut, dass wir jederzeit entdeckt werden bei unserem Spiel. Du musst dich also anstrengen, damit es nicht lange dauert. Aber genau das ist es, was dich unglaublich erregen wird. Der Gedanke an das Entdecktwerden und an das Verruchte der Situation."

Ich fixierte Mias Gesicht. Ihre Augen funkelten vor Lust. Sie schluckte hörbar, leckte sich über die Lippen und lächelte verwegen.

„Ich verstehe", sagte sie.

Und mehr sagte sie nicht. Nur ein leises: *Ich verstehe.*

„Das ist schön, dass du das verstehst."

Grinsend wandte ich den Blick von ihr ab und studierte die Speisekarte, auf der sich Wiener Schmankerl mit seltsamen Eigenkreationen die Hände reichten. Ich wollte Mia nicht zeigen, wie sehr mich der Gedanke an den Blowjob erregt hatte. Ich stand kurz davor, meine Wünsche wahr zu machen und die kleine Wienerin zu testen. Oh, wie gern würde ich es tun.

„Was bitte sind denn *Frankfurter mit Saft?*", wechselte ich bewusst das Thema.

„Wie bitte?" Mia, die noch ziemlich konfus wirkte, neigte sich zu mir hinüber und guckte auf die Karte.

„Das steht da. Für den kleinen Hunger", las ich ihr vor.

„Du bist seit vier Monaten in Wien und weißt nicht, was Frankfurter sind?", fragte sie spöttisch.

„Mich verwirrt, dass sie für den kleinen Hunger sind. Das kann doch nur ein Druckfehler sein. Frankfurter sind niemals für den kleinen Hunger, immer nur für den großen."

Mia verdrehte die Augen. „Das sind Würstel, Jan", sagte sie. „Und ich mag die zufällig ganz gern. Ich bestell mir welche, dann kannst du probieren."

„Ach, du magst Frankfurter zufällig sehr gerne?", neckte ich sie.

Sie lächelte verlegen und sah dabei so gelöst und frei aus, dass ich sie augenblicklich küssen wollte. Ja, ich wollte sie küssen. Meine Vorsätze über Bord werfen und sie küssen. Ihr nahe kommen, wie nie jemand zuvor. Und dann meine schmutzigen Fantasien mit ihr ausleben. Hier in dieser verspiegelten, abgegriffenen Absurdität, die sich ein Restaurant nannte.

„Tatsächlich mag ich die sehr, sehr gerne", sagte sie und trommelte mit ihren Fingerspitzen nervös auf die Tischplatte. „Die Frankfurter."

Ich versteckte mein Lächeln hinter der Speisekarte. Als der Kellner an unseren Tisch kam, bestellte ich Wasser und ein Wiener Schnitzel.

Mia legte den Kopf in den Nacken und starrte ewig lange auf die Diskokugel, die sich über unseren Köpfen drehte. Suchte sie nach Worten? Ich hatte das Gefühl, sie wollte mich etwas fragen, traute sich aber nicht. Ich ließ meinen Blick interessiert über die Tische schweifen und amüsierte mich über die kitschigen und skurrilen Details. Auf der Bar und auf einzelnen Tischen thronten antike Armleuchter aus Silber und Kerzenhalter, die über und über mit geronnenem Wachs überzogen waren.

An den Wänden hingen goldene Spiegel und dubiose Schwarz-Weiß-Fotografien, die irgendwelche Prominente zeigten. In einer Ecke lachten ein paar betrunkene Männer, die – ihrem identen Outfit nach zu schließen – einen Junggesellenabschied feierten. Sie bewarfen sich mit Plastikblumen, die zwischen ihnen in einer Vase gestanden hatten.

„Jan", sagte Mia. „Darf ich dich etwas Persönliches fragen?"

„Noch persönlicher als der gedankliche Blowjob, den wir eben auf der Toilette hatten?", fragte ich. Mia nickte. „Schieß los. Ich denke, wir haben eine Vertrautheit erreicht, in der alles erlaubt ist."

„Warst du denn schon immer so? So … äh … nun ja … umtriebig?", fragte sie vorsichtig. „Du hüpfst von Frau zu Frau, ohne für eine von ihnen eine tief gehende Zuneigung zu empfinden. Ich wüsste gerne, ob das schon immer so war und wenn die Antwort Nein ist, dann hätte ich gerne erfahren, was der Auslöser für deine Veränderung war?"

Mit dieser Frage erwischte sie mich. Ich hatte mit allem gerechnet, aber nicht mit dieser Frage. Hastig lenkte ich meinen Blick an ihr vorbei auf die rauchenden Jugendlichen in ihrem Glasverschlag. Meine Finger drehten den Salzstreuer im Kreis herum.

Wir schwiegen. Erst jetzt wurde mir bewusst, dass im Hintergrund Musik lief. Ein Hit aus den Achtzigern. Wie passend. Es war eines von Evas Lieblingsliedern gewesen.

„Du hast mir heute sehr viel von deiner Ex-Frau erzählt", sagte Mia nach einer Weile. „Ich habe das Gefühl, sie wirklich gut zu kennen. In deinen Erzählungen bist du immer sehr wertschätzend und distanziert geblieben. Du hast über eure Erlebnisse, aber nie über deine Gefühle gesprochen. Eva und du, ihr seid sehr lange ein Paar gewesen. Vierzehn Jahre. Das ist eine lange Zeit. Sie war von Kindesbeinen an deine beste Freundin, also ein sehr wichtiger Bestandteil deines Lebens."

„Das war sie", sagte ich leise. „Sie war mir unglaublich wichtig."

„War sie deine erste Liebe?"

Die Faust um mein Herz drückte noch fester zu, als sie das ohnehin schon seit Ewigkeiten tat, aber plötzlich ließ sie los und Blut strömte in die abgedrückten Arterien und Kammern. Das tat im ersten Moment unfassbar weh, aber einen Augenblick später begann mein Herz wieder zu schlagen. Und Licht strömte in die aufgeplatzte Wunde, die ich so viele Jahre vor mir selbst und der Welt verschlossen hatte.

Ich blickte in Mias erwartungsvolle Augen, die voller Wärme und Verständnis waren und spürte dem Gefühl des Heilwerdens nach, das plötzlich mit aller Macht in mich drängte. Mein Brustkorb dehnte sich gefühlt ins Unendliche aus und mir wurde heiß und kalt zugleich.

„Sie war meine erste Liebe", sagte ich. „Und meine letzte. Beantwortet das deine Frage?"

„Hast du um sie gekämpft?"

„Das habe ich, aber es war zu spät. Die Liebe der beiden war während meiner Abwesenheit so gewachsen, dass es für mich keine Chance gab, in diesen neu entdeckten Kosmos einzudringen. Ich hatte meine Frau zu lange vernachlässigt. Die Liebe aber will umsorgt werden. Sie ist keine Selbstverständlichkeit. Damals wusste ich das noch nicht. Ich war zu jung und zu sehr auf meine Karriere fixiert gewesen. Wie hätte ich auch ahnen können, dass es Eva einmal nicht mehr an meiner Seite geben würde? Sie war immer da gewesen. Immer. Seit ich acht Jahre alt war. Ich hätte mir nicht im Traum gedacht, dass sie weggehen könnte."

„Hast du lange gebraucht, um über sie hinwegzukommen?"

„Ja, Mia, es waren Jahre", gab ich zu. „Und es hat mich so viel Kraft gekostet, mit ihr abzuschließen … mit unseren Träumen, unserer Zukunft. Wir wollten Kinder haben, ein Haus im Grünen bauen, einmal quer durch Amerika reisen und dann zusammen alt werden. Diese Frau loszulassen war der schwerste Weg meines Lebens. Und die Hoffnung loszulassen. Das war auch schwer. Am Ende dieses Martyriums wusste ich nicht, ob ich mich je wieder erholen würde. Und vielleicht habe ich das auch nie, mich von diesem Schlag erholt. Ich weiß nicht …"

Meine Stimme verlor sich und dann endete Evas Lied und ein neues begann.

„Und jetzt hast du Angst, dass dir das wieder passiert", sagte Mia.

Es war keine Frage. Sie stellte es fest.

Was hielt mich davon ab, dieser Wahrheit endlich ins Angesicht zu blicken? Nichts.

„Ja, ich habe Angst, dass mir das noch einmal passiert", sagte ich ehrlich.

„Wir hatten das Thema heute ja schon", meinte Mia. „Du erinnerst dich? Die Angst ist größer als die Liebe."

„Ich weiß."

„Aber vielleicht stimmt das nicht."

„Ja, vielleicht."

„Jemand hat mir mal gesagt: Da, wo die Angst ist, da geht's lang."

„Aber wer will schon durch diese Dunkelheit waten?"

„Und wenn das Licht dahinter wartet?"

In diesem Moment servierte der Kellner unser Essen. Noch nie war ich für eine Unterbrechung so dankbar gewesen. Ich starrte auf mein Riesenschnitzel, auf das der Koch lieblos ein paar schlaffe Pommes und ein Heer an Preiselbeeren geklatscht hatte, und dann auf Mias Würstel, die in einer unappetitlichen, rotbraunen Soße schwammen, die über den Tellerrand hinausgeschwappt war. Ein weiterer Fleck zierte nun die Tischdecke.

„Das sind Frankfurter", sagte Mia, bohrte ihre Gabel in eines der Würstchen und hielt es vor meiner Nase hoch.

„Nein, das sind Wiener."

„Blödsinn! Das sind Frankfurter."

„Bei uns heißen die Wiener."

„Du verarscht mich doch, Jan."

„Tue ich nicht, ich schwöre."

„Das gibt's doch nicht", sagte sie.

Wir lachten befreit auf und dann machten wir uns hungrig über das Essen her und entgegen meiner schlimmsten Befürchtungen war es das beste Essen, das ich je gegessen hatte. Nicht weil es gut schmeckte, sondern weil Mia mich mit ihren witzigen Geschichten über Wien unterhielt und dabei so herrlich in ih-

ren Dialekt verfiel, dass ich ihr ewig hätte zuhören können. Unsere Beine berührten sich vertraut unter dem Tisch und sie zog sie kein einziges Mal zurück, um der Berührung auszuweichen. Es war schlichtweg wundervoll mit Mia zu essen, und ich hätte alles gegessen, egal, wie schrecklich es war, nur um neben ihr sitzen zu dürfen, in einer eiskalten Winternacht, um fünf Uhr morgens, in einem überhitzten, schmutzigen Restaurant, in dem alles so surreal war, wie dieses unbeschreiblich intensive Gefühl, das in mir aufstieg und alles durcheinanderbrachte. Und als Mia dann um sechs Uhr morgens so müde war, dass ihr die Augen zufielen und sie beim Sprechen alle Worte vergaß, wusste ich, dass die Zeit gekommen war, um sie nach Hause zu bringen.
Der Moment des Abschieds war gekommen.
Und er musste für immer sein.

HÜTTELDORF
MIA

Als wir von der *Gräfin* in die eisige Kälte hinaustraten, verpuffte meine Müdigkeit, die mich im Inneren des überhitzten Restaurants beinahe erschlagen hätte.

„Wir brauchen ein Taxi", sagte Jan und blickte suchend die Linke Wienzeile hinunter. „Kommt hier eines vorbei oder soll ich eines rufen? Es ist verdammt kalt."

Er rieb seine Hände aneinander.

„Lass uns U-Bahn fahren", schlug ich vor. „Direkt vor unserer Nase ist die U4. Das geht schneller."

„U-Bahn?", murmelte er. „Ich weiß nicht, Mia."

In Wahrheit würden wir mit den Öffis viel langsamer an unser Ziel kommen, aber das wollte ich Jan nicht verraten. In seiner Aura hing schon der Abschied. Ich konnte ihn spüren, diesen Abschied. Leise schwang er mich auf seine schweren Frequenzen ein. Auch wenn Jan seine Absichten vor mir zu verbergen versuchte, seine Gedanken waren viel zu laut. Er sagte kein Wort zu unserem Auseinandergehen, aber ich konnte spüren, dass seine Entscheidung gefallen war. Sie war gegen mich.

Jan beäugte mich skeptisch. „Wie weit ist es von der Endstation bis zu deiner Wohnung?", fragte er.

„Nicht weit", log ich. „Nicht weit."

Ich wollte nicht, dass diese Nacht endete.

Denn meine Angst, Jan nahe zu kommen, war *nicht*

mehr mein Hauptproblem. Die Angst, ihn zu verlieren, war viel größer geworden.
Ich würde es nicht ertragen.
Ihn am Montag zu sehen und am Dienstag und am Mittwoch und am Donnerstag und am Freitag. Und vielleicht würde es mir geschickt gelingen, ihm aus dem Weg zu gehen, aber die Geschichten über ihn, die würden mich trotzdem verfolgen. Frau Schallers Gerede über den Marmeladinger, die ich bisher gelangweilt ausgeblendet hatte, würden mich überall erreichen. *Heute geht er mit Veronika Engel auf den Naschmarkt, anscheinend isst er so gerne frischen Fisch und morgen läuft er mit Frau Susanne Rieder, Bachelor FH, zum Lusthaus und habt ihr es schon gehört, der Deutsche und die kleine Blonde aus der Buchhaltung, die wollen heute zusammen ins Theater gehen.*
Und vielleicht würde die herzgebrochene Anja ihren Mann verlassen. Nur für ihn. Und dann würde sie dastehen, in meinem Büro, und sich bei Gisela ausheulen. Und ich würde ihren Schmerz wie meinen eigenen spüren. Diese Vibrationen von Trauer.
Ich fühle mit dir. Ich fühle ihn.
Diesen Schmerz. Diesen Schmerz. Diesen Schmerz.
Wenn du jemanden liebst und diese Liebe nicht erwidert wird. Es gibt keinen Schmerz, der so tief sitzt wie dieser. Und bevor die helle Panik in mir ausbrechen konnte, wurde mir bewusst, dass ich meine steinerne Bibliothek ja gar nicht verlassen hatte. Ich hatte sie nur entdeckt, aber die Flügeltüren nicht aufgestoßen. Ich war immer noch in mir drin.

Hier würde mir nichts geschehen.

Ich war in Sicherheit und ich würde heute noch ein gutes Buch lesen und am Montag und am Dienstag und an allen anderen Tagen würde ich in die Liebesgeschichten abtauchen und irgendwann würde der Deutsche auch wieder verschwunden sein, und zwar dorthin, wo er hergekommen war. Nach Frankfurt.

Alles ist gut, Mia. Alles ist gut.

Ich beruhigte mich.

„Mia, du siehst müde aus. Ich glaube, du unterschätzt, wie schwer diese seelische …" Jan suchte nach Worten. „… diese seelische Öffnung für dich war. Lass mich ein Taxi über die App organisieren. Damit können wir schnell und bequem zu deiner Wohnung fahren."

Ja, klar. Ihm konnte es nicht schnell genug gehen.

„Ich bitte dich, ich bin nicht so zerbrechlich", protestierte ich. „Die paar Meter schaffe ich schon."

Er seufzte. „Okay, wir fahren U-Bahn. Wenn du das willst."

Schweigend schlenderten wir über den menschenleeren Naschmarkt, vorbei an den mit Graffiti beschmierten Buden und geschlossenen Lokalen. Mir fiel so viel ein, was ich Jan vergessen hatte zu erzählen. Es gab so viel zu sagen. Über Wien. Über mich. Ich hatte noch nicht einmal begonnen und schon war alles wieder zu Ende. Zum Beispiel war da vorne das alte *Café Savoy*, in dem ich so gerne mit meiner Freundin Tee getrunken hatte, weil der im *Savoy* so gut schmeckte. Und mit ebendieser Freundin hatte ich einen Bildband über den Naschmarkt machen wollen. Sie wollte die Fotografien liefern und ich die Geschichten. Wir hatten auch schon mit unserem Projekt begonnen, waren aber über ein erstes Interview nicht hinausgekommen. Denn irgendwann war das passiert, was immer passierte, wenn einen das Leben verschlägt. Jeder war seiner Wege gegangen und die Geschichten der Menschen vom Naschmarkt hatten ihren Weg ebenso gefunden, aber nicht in unser Buch. Und das wollte ich Jan erzählen, weil es mir so wichtig war.

Aber im Grunde hatte ich schon zu viel gesagt. Ich hatte Jan mehr anvertraut, als ich je einem Menschen von mir gezeigt hatte und jetzt musste ich mit den Konsequenzen dieser – wie hatte er es genannt – seelischen Öffnung leben.

Mia passte nicht in die Jan-Welt und Jan passte nicht in die Mia-Welt und auch wenn im Laufe der Nacht der Traum in mir herangereift war, dass sich unsere Welten vermischen würden, so wusste ich jetzt, dass das Wünsche waren, die zu Weihnachten passten, aber nicht in ein reales Leben.

„Ich muss mir noch ein Ticket kaufen", sagte Jan, als wir die Station Kettenbrückengasse betraten.

Ich winkte ab. „Du kannst ohne Ticket fahren. An einem Sonntag um sechs Uhr morgens gehen keine Kontrolleure durch die U-Bahn. Du kannst schwarzfahren."

„Da haben wir ihn schon wieder", murmelte Jan mit einem Schmunzeln. „The Austrian Way of Life.

Nein, Mia, ich kaufe mir ein Ticket, denn ich weiß, dass es das Gesetz so vorschreibt."

„Tu das, Deutscher", sagte ich. „Kauf dir ein Ticket, denn es ist wahr, dass das Gesetz es so vorschreibt."

Während wir auf die U-Bahn warteten, wurde die Stille zwischen uns schwerer und schwerer. Ich hielt diesen Zustand ganz gut aus, Jan aber nicht. Unruhig trat er von einem Bein auf das andere. Ihm lagen Darlegungen auf der Zunge, die ich nicht hören wollte.

„Mia, ich ...", setzte er an.

„Du musst mir nichts erklären. Ich verstehe es. Ich verstehe alles. Du musst nichts sagen, nichts ausführen, nichts entschuldigen. Versprich mir nur, dass du die Dinge, die ich dir über mich anvertraut habe, dass du die vertraulich behandelst. Das wäre mir schon sehr wichtig, dass die Damen aus der Marketingabteilung nicht bei ihren Kochshows über meine Vergangenheit herfallen."

Jan legte Nachdruck in seine Stimme. „In dieser Hinsicht kannst du dich zu hundert Prozent auf mich verlassen", sagte er. „Jedes Wort, das wir gesprochen haben, bleibt zwischen uns. Ich würde niemals etwas tun, das dir schadet. Glaubst du mir das?"

Ich sah ihn an. Ich wollte ihm glauben, aber es fiel mir so unendlich schwer.

„Bitte, Mia, glaube mir."

„Okay, ja", hauchte ich in das Rattern des herannahenden Zuges hinein. „Ich glaube dir."

Ob er mein Ja in dem Rauschen vernommen hatte?

Keine Ahnung. Er schaute mich nicht an, sondern an mir vorbei, also konnte ich nicht in seinen Augen lesen, was er dachte. Und während ich darüber sinnierte, was Jan wohl im tiefsten Inneren über mich dachte, gelangte eine andere Erkenntnis zu mir.
Ich vertraute ihm. Blind. Er würde niemals etwas tun, um mir zu schaden. Niemals. Nicht er.
Ich konnte ihm vertrauen.
Mein kleines Leben war bei ihm sicher.
Wir betraten die U-Bahn und setzten uns in Fahrtrichtung nebeneinander. Bis auf eine Gruppe junger Männer waren wir die einzigen Fahrgäste. Der Zug raste durch alle Stationen. Viel zu schnell. Er tauchte in den Untergrund und kam wieder an die Oberfläche. Und draußen zog das schlafende Morgenwien an uns vorüber, während wir uns immer weiter vom Zentrum entfernten. Die Stimmung des Sonntags lag über den leeren Straßen und trug die Einsamkeit an uns heran. Ich hasste Sonntage. Irgendwie. Wer in Wien Single war, der hasste Sonntage. Ich musste nur die Zeitungen an den Laternen hängen sehen und schon stolperte ich in diese einsame Stimmung, die die Schwingung von Versagen in sich trug.

Wieder spiegelten Jan und ich uns in allen Fenstern, weil es draußen noch dunkel war, und ich fixierte diese Spiegelung und grübelte über das Bild, das wir ergaben. Wir sahen gut zusammen aus. Im Moment müde und vielleicht sogar ein bisschen traurig. Aber ohne diese Gefühlsschwere waren wir sehr attraktiv. Ein schönes Paar.

Jan sah mich an. So lange, bis ich endlich meinen Kopf drehte und seinem Blick begegnete. Er bewegte seine rechte Hand auf meinen Oberschenkel zu und legte sie ganz sanft darauf ab, die Handfläche nach oben gerichtet. Es war eine vorsichtige Einladung, die ein glückliches Kribbeln in meinen Synapsen hervorrief. Ich starrte auf seine offene Hand. Und dann legte ich meine Hand in seine. Ich hörte ihn laut ausatmen, als wir uns berührten. Zärtlich drückte er meine Finger und schloss seine Hand um meine und ich erwiderte den Druck. Ganz leicht.

Mein Gott, war es schön, seine Hand zu halten.

„Welches Wort ist dein Lieblingswort?", fragte er.

„SEHNSUCHT", sagte ich.

„Warum gerade das?"

„Weil es schwingt wie ich."

„Und welches Wort schwingt wie ich?", fragte er.

Ich überlegte und fühlte mich in seine Frage ein.

„Anfangs dachte ich, es wäre Arroganz", sagte ich. „Aber jetzt weiß ich: Es ist KRAFT."

„Kraft", wiederholte er. „Kraft ist also *mein* Wort?"

„Ja, Kraft ist definitiv dein Wort. Jeder Mensch hat ein eigenes Wort und deines ist KRAFT."

An seinem Lächeln konnte ich ablesen, dass er sich darüber freute.

„Welches Wort hat die höchste Schwingung?", fragte er.

„LIEBE."

„Ja, das macht Sinn. Und welches Wort hat die niedrigste Schwingung?"

„RASSISMUS."

„Wieso ist es nicht der HASS?"

„Dem Hass ist die Liebe vorausgegangen, also schwingt sie immer noch in ihm nach."

„Interessant", murmelte er. „Welches Wort kannst du nicht leiden?"

„Du meinst, außer *aufstemmen*?"

Er lachte und drückte meine Hand.

„ABSCHIED", sagte ich.

„Das Wort kann ich auch nicht leiden", erwiderte er. „Aber wer mag die schon? Die Abschiede."

Eigentlich hatte ich TOD sagen wollen, aber der Tod war nicht schlimm.

Er setzte dem Leben ein Ende.

Im Abschied musste das Leben weitergehen.

Ohne den anderen.

Wir standen vor meinem Wohnblock. Die Fahrt und der Spaziergang zu meiner Siedlung waren wie im Flug vergangen. Wir waren in Lichtgeschwindigkeit an unserem Ziel angekommen. Jemand hatte an den Zeigern der Uhr gedreht. Ich war mir fast sicher: Es war das weiße Kaninchen gewesen, das sich nun diebisch darüber freute, dass ich im Wunderland der Bücher geblieben war.

„Also dann", sagte ich. „Hier wohne ich."

Jan blickte an dem Gebäude hoch.

„In welcher Etage?", fragte er.

„Im Erdgeschoss. Da drüben. Der dritte von links, das ist mein kleiner Garten."

„Ach, du hast einen Garten?"
„Ich hab sogar einen Baum."
„Hm", meinte er.
Uns gingen die Worte aus.
Ich musste das jetzt beschleunigen. Sonst würde unser Abschied am Ende noch peinlich werden. Und das wollte keiner von uns beiden. Nicht, nach den tiefsinnigen Gesprächen, die wir in den letzten Stunden geführt hatten. Eine Plattitüde würde den Zauber dieser Nacht zerstören.
Nein, das wollte ich nicht. Auf gar keinen Fall.
Ich kramte in meiner Handtasche und fischte meinen Schlüssel heraus. Mit zitternden Fingern sperrte ich auf, öffnete die Tür und trat ein. Ich drehte mich zu Jan um. Bevor ich ein „Tschüss" murmeln konnte, sagte er: „Ich begleite dich noch bis zu deiner Wohnungstür."
„Jan, das ist nicht notwendig."
„Doch. Ist es. Ich habe die fürchterlichen Gestalten doch gesehen, die da an der Endstation herumkreuchen und fleuchen. Die lassen mir keine Ruhe. Ich muss kontrollieren, ob dir nicht einer von denen vor deiner Tür auflauert."
Ich lachte über seinen Scherz, denn wir hatten in Hütteldorf nur einen Schwarm alter Frauen gesehen und sonst niemanden.
„Na gut, Deutscher, dann komm mit", sagte ich schmunzelnd. „Aber im Stiegenhaus bitte leise sein. Sonst beschweren sich die Nachbarn. Die Sonntage sind denen heilig. Die verstehen da überhaupt keinen

Spaß. Wenn man am Sonntagmorgen lärmt, wenden die sich gleich an die Hausverwaltung."

„Was ist denn ein Stiegenhaus?", fragte er flüsternd.

„Das da ist ein Stiegenhaus", flüsterte ich zurück und zeigte auf die Stufen und die Postkästen.

„Ach, du meinst das Treppenhaus."

Er grinste.

Auf leisen Sohlen schlichen wir zu meiner Wohnung. Ich steckte den Schlüssel ins Schloss und öffnete die Tür. Jan blickte neugierig in meinen Vorraum hinein. Mein schwarzer Kater saß vor uns auf dem kleinen, runden Teppich und starrte uns an.

„Er ist fetter, als ich dachte", sagte Jan in normaler Lautstärke.

„Pst", zischte ich und zog ihn am Arm in meine Wohnung hinein. Leise schloss ich hinter ihm die Tür. Betreten standen wir voreinander.

„Äh, ich ... willst du noch einen Kaffee mit mir trinken?", fragte ich hastig. Plötzlich war ich unglaublich nervös.

Er lächelte. „Nein, danke, Mia", sagte er. „Ich will keinen Kaffää mehr trinken. Ich muss endlich ins Bett und ein paar Stunden schlafen."

Der Kloß in meinem Hals wurde dicker.

„Okay, dann nicht", würgte ich hervor und Tränen stiegen in meine Augen. „Du hast natürlich vollkommen recht. Ich muss auch dringend schlafen."

„Was machst du denn heute noch?", fragte er. „Ich meine, außer schlafen."

„Hm, na ja, eigentlich wollte ich lesen, aber wenn

du mich schon so fragst und wenn ich ganz ehrlich zu dir sein soll … ich werde mir den Film *Lost in Translation* ansehen und ja … dann werde ich noch googeln, wo eigentlich Offenbach liegt. Und wo Frankfurt. Und wie weit diese Städte von Wien entfernt sind. Das wollte ich mir mal ansehen. Rein aus Interesse und um meine geografischen Kenntnisse aufzufrischen."

„Aha", meinte er schmunzelnd. „Das klingt ja nach einem ausgefüllten Tag."

„Und du?", fragte ich. „Was machst du heute noch, außer schlafen."

„Ich werde darüber nachdenken, wie ich die Marketingabteilung von einer vierten Kochshow überzeugen kann. Damit ich meinen Vertrag um weitere vier Monate verlängern kann, denn um ehrlich zu sein, gefällt es mir ganz gut in Wien. Ich möchte gerne bleiben. Und dann wollte ich später noch einmal in die Innenstadt schlendern und im *Café Landtmann* ein Paar Frankfurter essen und dann den kitschigsten Weihnachtsmarkt der Welt aufsuchen. Mir wurde nämlich erzählt, dass es da eine hervorragende Aussicht auf einen romantischen HerzerLbaum gibt."

Ich starrte ihn atemlos an und mein Herz stolperte.

Und dann fiel es von einem Baum direkt in seine Arme hinein.

„Kommst du mit?", fragte er. „Ich glaube, es würde mir helfen, eine kompetente Fremdenführerin an meiner Seite zu haben, denn ich fürchte nichts mehr, als *lost in Translation* zu gehen."

Sein Blick verschmolz mit meinem.
Flüssige Schokolade warf sich in ein aufgewühltes Meer. Ich brachte keinen Ton heraus.
„Kommst du mit, Mia? Ich würde mich sehr freuen, wenn du mich begleitest."
„Ja", stieß ich hervor. „Ich komme gerne mit. Den Herzerlbaum, den habe ich mir schon viele Jahre nicht mehr angesehen."
„Dann ist die Zeit gekommen, ihn endlich wieder mal zu besuchen."
„Ja, es scheint so", hauchte ich. „Dass die Zeit gekommen ist."
Um meine Hände zu beschäftigen und meine Verlegenheit zu überspielen, begann ich, mich hektisch aus meinem Mantel zu schälen.
Jan kam mir galant zu Hilfe.
Ich drehte ihm meinen Rücken zu und spürte seine Hände auf meinen Schultern. Er streifte ganz langsam den Mantel über meine Arme und hängte ihn auf einen der Garderobenhaken. Ich erstarrte, während seine Hände zu meinem Körper zurückkehrten. Er öffnete den Reißverschluss meines Kleides und zog den Stoff leicht auseinander.
Instinktiv schnellte mein Arm nach hinten, um ihn aufzuhalten.
„Nicht, ich will nicht, dass du meinen Rücken siehst."
Jan griff nach meinem Handgelenk und führte meine Hand zurück vor meine Brust, wo er sie festhielt.
„Deine Narben stören mich nicht", flüsterte er an

meinem Ohr. „Ich sehe sie nicht. Hörst du? Ich sehe nur DICH."

Und dann senkte er seinen Mund auf die Stelle zwischen meinen Schulterblättern und küsste die einsame Stelle. Und ich spürte seinen Kuss. Ich spürte es. Mein Gott. Über tausend Nervenbahnen rasten die Impulse, strömten durch meinen Körper, um mit einem Jubelschrei in meinem Herzen anzukommen.
Ich spürte den Kuss des Deutschen auf meiner Haut. Und ich spürte ihn noch, als seine Lippen längst nicht mehr auf diesem Punkt verweilten.

„Mia, ich kenne mich aus mit den Tiefen des Meeres", sagte er. „Ich weiß, dass man aus ihnen nur langsam auftauchen darf, um Verletzungen zu vermeiden. Nur langsam. Der Druck wird sonst zu groß. Und vor allem darfst du es niemals alleine tun. Du brauchst einen Buddy an deiner Seite."
Er ließ mich los und ich drehte mich in Zeitlupe zu ihm um. Wir blickten uns tief in die Augen.

„Okay", hauchte ich. „Okay, Jan."
Er lächelte.
„Ich hole dich um 17 Uhr ab", sagte er.
Ich nickte wie paralysiert.
Augenzwinkernd öffnete er die Eingangstür einen Spalt, schlüpfte hinaus und weg war er. Sekundenlang blinzelte ich an den Ort, an dem er eben noch gestanden hatte. Die Stelle auf meiner Haut, auf der mich seine Lippen berührt hatten, pochte und pulsierte noch immer.

Das war doch ein Traum gewesen.
Diese Nacht, dieser Mann, dieses Reden. Bestimmt hatte ich das alles nur gelesen, geträumt, mir ausgedacht. So etwas passierte doch nicht im wahren Leben. Oder doch?
Ich stürmte durch den Flur, durch mein Wohnzimmer, weiter bis zur Terrasse, packte den Griff der Tür und riss beide Flügeltüren weit auf. Nur am Rande nahm ich den schmalen Streifen Sonne wahr, der im Osten den Beginn eines neuen Tages ankündigte. Ich trug noch immer Bernhards Moonboots, und das war auch gut so, denn mein Garten war bedeckt mit Schnee. Unberührt lag er vor mir. Eine dicke Schicht, in die noch niemand eine Spur gezogen hatte.

Ich würde die Erste sein. Ich sprang in die stille Unberührtheit, setzte einen Schritt vor den anderen und hastete ans Ende meines Gartenzaunes. Dort stehend konnte ich sehen, wie Jan mein Wohnhaus verließ. Er blickte in meine Richtung, hob die Hand und winkte mir zu.

„Bis später!", rief er mir über alle Gärten zu. „Und jetzt geh endlich ins Bett und schlaf!"
DA wusste ich, dass ich das alles nicht geträumt hatte.
Er war da. Er hatte mich gefunden.
Und ich war es auch. Ich war da.
Ich hatte es geschafft.
Ich war in die Wirklichkeit gegangen.
Aber vielleicht war ich einfach nur aufgewacht.
Wie Alice.
Und was ich plötzlich sah und fühlte, das brachte

mich irgendwie zum Lachen, weil es so simpel war und ich es niemandem geglaubt hätte, wenn ich es nicht am eigenen Leib erfahren hätte.
Da draußen in der Realität war sie WIRKLICH ... die LIEBE. Man musste keine Angst haben.
Sie war da. Die LIEBE.
Und sie war viel stärker als die Angst.
Viel mächtiger. Viel stärker. Viel heller.
Sie war da. Und ich war es auch.
Ich war da.
Ich war angekommen.
In der zweiten Hälfte meines Lebens.

GLOSSAR

Melange – Die Wiener Melange (kurz: Melange) ist eine österreichische Kaffeespezialität. Sie besteht aus einem Teil Kaffee (z.B. Espresso), Zucker oder Honig und einem Teil Milch mit einer Haube aus geschäumter Milch.

Diphthong – aus zwei Vokalen gebildeter Laut; Doppelvokal

präpotent – überheblich

Marmeladinger – ist eine vom Ur-Wiener verwendete despektierliche Bezeichnung für Deutsche, speziell für Norddeutsche, die sich von dem Umstand ableitet, dass die Soldaten des Deutschen Reiches im Ersten Weltkrieg auf Butter und Schmalz verzichten mussten und als Brotaufstrich eine billige Marmelade bekamen.

abgesandelt – verkommen, verlottert

grauslich – abscheulich

picken bleiben – kleben bleiben

Einedrahrer – Angeber

Krauthappel – Kohlkopf

grindig – schmutzig, grässlich

Stiegenhaus – Treppenhaus

Wien Wege

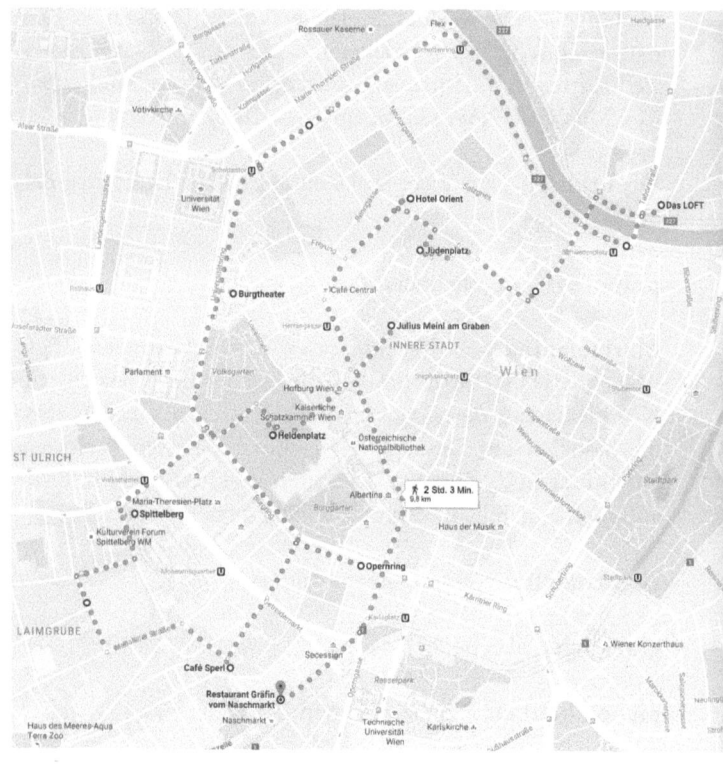